你是我生命中
出现过的 所有人

YOU ARE MY SUNSHINE
XIA CHENG WORKS

夏橙 主编

作家出版社

## 图书在版编目（CIP）数据

你是我生命中出现过的所有人 / 夏橙主编. —— 北京：作家出版社，2015.8

ISBN 978-7-5063-8023-2

Ⅰ.①你… Ⅱ.①夏… Ⅲ.①短篇小说 – 小说集 – 中国 – 当代 Ⅳ.①I247.7

中国版本图书馆CIP数据核字（2015）第110177号

## 你是我生命中出现过的所有人

作　　者：夏　橙
责任编辑：周　茹
装帧设计：粉粉猫
出版发行：作家出版社
社　　址：北京农展馆南里10号　　邮　　编：100125
电话传真：86 –10–65930756（出版发行部）
　　　　　86 –10–65004079（总编室）
　　　　　86 –10–65015116（邮购部）
E-mail：zuojia@zuojia.net.cn
http://www.haozuojia.com（作家在线）
印　　刷：北京凯达印务有限公司
成品尺寸：143×208
字　　数：169千
印　　张：8
版　　次：2015年8月第1版
印　　次：2015年8月第1次印刷
ISBN　978-7-5063-8023-2
定　　价：35.00元

# 目 录

063　047　038　026　011　001

／　／　／　／　／　／

时　不　生　像　你　我
光　过　活　空　去　的
书　是　的　气　了　王
店　流　样　·　英　国
　　着　子　像　国
　　眼　　　大
　　泪　　　地
　　吃
　　肉

151　139　132　126　100　075

／　／　／　／　／　／
人　我　我　大　温　可
无　想　的　概　柔　惜
再　你　老　因　的　你
少　是　婆　为　风　是
年　海　是　他　穿　女
　　　　超　们　堂　二
　　　　人　陪　过　号
　　　　　　了
　　　　　　我
　　　　　　很
　　　　　　多
　　　　　　年
　　　　　　吧

243　233　227　221　209　190　163

／少年你大胆地往前走吧，别回头

／在每一碗我们一起吃过的食物面前，我都想你

／欸，那首歌，好像是《简单爱》呢

／不用客气

／杀信鸽的人

／花朵

／少女的祈祷

所 有 相 遇 都 是 有 意 义 的，

别 在 意 是 否 还 有 告 别，

哪 怕 只 是 一 次 遇 见，

也 要 在 最 好 的 年 纪 里，

放 肆 地 活， 坚 定 地 爱。

遇 见 才 会 值 得 认 真 说 再 见，

无 论 告 别 后 是 否 相 隔 万 里，

在 我 心 中，你 是 我 遇 见 的 所 有 人。

…………

# 我 的 王 国

里则林

很明显，那时候的他并不知道，自己最终没有成为船长，也没有成为带领千军万马的司令，更没有成为一个国王。但他曾经虽然渺小，却能站在高处，充满骄傲、心无旁骛地看着自己喜爱的风景，没有一丝惶惶不安。

七岁那年，妈妈牵着我的手带我上小学，我问妈妈："一节课四十分钟有多久？"

妈妈说："你认真听老师讲课就很快很快，但你要是老想着下课就很久很久。"我点头，就进去了。可我有多动症，甚至没有办法短时间集中注意力，然后每节课就真的好久好久。

一年级快结束的时候，我机关算尽，极尽能事，才终于最后一批入了少先队，戴上了红领巾。戴上红领巾那天，我觉得是我人生中最快乐的一天。

但是快乐没持续多久，我就去了上海。在上海，我的红领巾又被取了下来，换上了绿领巾。我不服，老师给我的解释是，我们只能算"苗苗团"，要到三年级才能戴红领巾。并且，到了上海我才知道，书包居然可以那么重，每天早上妈妈把上万斤的书包帮我背上肩膀以后，手在下面抬着，问我准备好没，我深呼吸一口气说准备好了，然后妈妈放手，我就跪了下去，接着再爬起来，一步一脚印地上学去。但这并不影响我快乐成长。

那年，我连普通话都说不溜，然后就直接说起了上海话。他们听不懂我说什么，我也不知道自己在说什么。我时而粤语，时而普通话，再凭着满嘴"十三点""猪头三"，很快就和上海小伙伴打成了一片。

不久之后我基本成了孩子王，每天放学带着邻近几个小区里的一群孩子到处跑。我是总司令，跟一个小胖子特别要好。因为小胖子是疯的，我只要手指一指，大喊一声"有敌人"，他就会义无反顾地边喊着"杀啊"边朝着一片虚无的空气冲去，一顿手舞足蹈，冲了上万公里之后才回头认真地跟我说："报告总司令，敌人已经消灭了，可以继续前进！"由于我颇为欣赏他这种认真的态度，他就成了副司令。

我们这支部队存在的主要意义就是每天瞎逛，敌人基本上除了空气就是地上的小昆虫。同住一栋楼的施阿姨每天站在三楼晾衣服，看着我们在楼下跑来跑去，总会问我："泽林啊，又去打仗啊？"

她总会充满好奇地问，睁着好奇的双眼，就像那种儿童节目的主持人，做作又可亲的样子，让我觉得她可能痴呆了。但是出于人情世故，我每次都会认真地答复她。然后她让我们稍等，走进大厅里，抓一把糖果撒给我们，跟喂狗似的，但是我们都不在乎，一顿哄抢。

在上海的第一个冬天，我起床发现窗户上结了一层雾，走出门去，发现家门口的水池结冰了，这是我作为一个沿海小朋友所见过最神奇的景象。我的智商毋庸置疑，我幻想着可以在上面滑翔起来，跟动画片里一样，然后直接跳了下去。那天，爸爸妈妈差点儿永远失去了我。

那天过后，我召集了一大群小伙伴，从附近正在装修的房子前捡来许多长长短短的木板，我告诉他们我们将一起造艘船。然后，他们各自兴奋地回家偷出了一大堆工具，铁锤、钉子、扳手、水彩笔、硬纸板……我们的设计图就是用手比画一下"是这样的、这样的和这样的"，然后开始了造船。我们蹲在小区一个僻静的小山坡后面，开始敲敲打打。

一个上午过去，我们就完工了。我们把船搬到小区里最大的一个人工水池。那艘所谓的船，其实结构很像麻将桌，但是我们都没看出来。当把它放进水池里时，我们都屏着呼吸，入水那一刻，它浮了起来，我们才松了一口气，一起欢呼起来。可是那时候谁又能明白，只要是块木板，丢水里就都能浮起来。

当时看着那张"麻将桌"船，没人敢站上去，这个时候我又挺身而出了。

我站在池边，觉得自己是要成为海贼王的男人，于是看准了位置，一下子跳到了船上。皇天不负有心人，我在上面起码站立了一秒，才连人带船翻了下去。

那天我全身湿透，坐在池边，打起了喷嚏，觉得有股忧伤在心间。

妈妈说，人不怕没文化，就怕又没文化又胆大。

那次之后，我被严加看管了一个寒假。但当春天万物复苏，夏天悄悄来临，我又觉得自己行了。那时的我上海话已经说得飞溜，每天"阿拉"来"阿拉"去的，俨然一个上海人，再也没人管我叫"小广东"了。我又开始集结一大群熊孩子，到处作怪。家旁边有个社区幼儿园，周末我们常常爬进去玩，因为里面有个很大的草坪，草坪上很多滑梯秋千等儿童设施。

只是那里有个凶狠的怪老头儿，负责看守幼儿园。我们难免开始了长达一整个夏天的游击战。

在某个秋日，我和几个小伙伴趁怪老头儿不在，爬进幼儿园的草坪上玩放大镜，用放大镜对准了一堆草。过了一会儿，那堆草就冒烟了。在我们玩得不亦乐乎的时候，小胖掏出了一盒火柴，说试试这个，然后我点燃了一根火柴，丢到草坪里，大喊了一声："跑啊！"一群人又喊又叫一起跑了起来。我们都以为这次也会像玩放大镜一样，过了一会儿它自己就没了，可是跑到草坪边缘的时候，小胖突然拉住了我。我们回头一起看过去，顿时吓蒙了。火没有灭，而是呼啦啦地越烧越大。

当时我们脑子一片空白，迅速地翻出了围栏，然后小胖拉着我一路狂奔。跑到远处时，那片草坪已经冒起了滚滚黑烟。最后我们看到的，是一整片焦黑的草坪。小胖哭了起来，过了一会儿，另外几个小伙伴也哭了。我已经忘记了当时我想了些什么，只记得他们的哭声。我一个人回到家，一整晚都躺在床上，满脑子都是那片焦黑的草坪。

第二天，我跟妈妈坦白了错误，于是再也出不了门了，周末总是被反锁在家里。我整个人变得郁郁寡欢起来，觉得自己就要去坐牢了，每天就在家里等着警察叔叔来接我去监狱。终于有一天，有人急促地敲打我房间的窗户。我把早就给爸爸妈妈写好的信放在桌子上，准备去坐牢的时候，打开窗户发现是小胖。

小胖一脸高兴地跟我说："没事了，没事了，小区里所有的草坪都烧掉了！"

我心想这下更惨，我一把火把所有草坪都烧掉了。小胖看了看我，又说："原来那些人本来就要烧草坪，奶奶说这样来年才能长得好！"
我听完疑惑地问小胖："也就是说，我烧了也没事？"

小胖用力点点头："运气好！你这次烧了也白烧！但是奶奶说以后千万别玩火了！"

我突然如释重负，觉得自己的人生又重新迎来了曙光。小胖兴奋地说："快出来玩啊！"

我突然又阴沉了下来，说："我现在已经出不了门了。"小胖沮丧地看着我，差点儿哭了出来。

每天放学，我被要求准时回家。那时候住一楼，房子背后有一个自带的院子，每个周末我就傻坐在院子里发呆。后来爸爸觉得我可怜，就在院子里挖了一个水池，用水泥铺好，然后在水池里放进去好多鱼，给我做了一个鱼竿，没有鱼钩，没有鱼饵，我就那么傻不拉叽地坐在池边一动不动地钓鱼。后来憋得慌的我突发奇想，决定在水池旁边的一片小泥地里种东西。那天之后，我不管吃了什么水果，只要有核，都往里面丢。每天蹲在它们旁边盼着它们开花，有尿就往里面撒。后来爸爸和我在那片小泥土地上用竹竿修一个葡萄架，十多天过去，除了杂草，上面什么都没长出来。我问爸爸，爸爸说他也不会种东西。我就想起了幼儿园那个怪老头儿，因为他的传达室旁边种了好多青菜和萝卜。

我径直跑到幼儿园的传达室门口，怪老头儿看了我一眼，就继续低头看报纸。我不知道怎么跟老年人搭讪，就说："上次我把草坪烧了！"

他抬头看了我一眼，然后说："我知道，你妈过来跟我说了。"

于是我继续站在那里，一动不动，直到他奇怪地问我："怎么了？"我才跑进去跟他说："我要种东西，可是我不会。"

他挑着眉头看了我一会儿，才一改严肃的样子，笑了起来，问我种什么，我也不知道种什么。他那儿离我家就十多米，我就拉着他往家里走，他也没反抗，跟着我去了我家。之后，他又回传达室拿来小铲子和肥料，一整个下午带着我把小泥地上面的小石头、砖块都拣了出来，然后用铲子一直松土。第二天，他又给我拿来一些不知名的种子，帮我撒进土里。

某个傍晚，我放学回家，他手里拿着一包东西，说要帮我种在葡萄架下，到时候就会长很多东西出来，以后就可以在葡萄架下乘凉了。没过多久，果然长出了很多蔓藤植物，爬满了整个架子。爸爸看我小有成效，又找人在水池和泥地之间挖了一个水井，方便我给植物浇水和给鱼池换水。

我渐渐就变得不再疯野，每天放学背着上万斤的书包狂奔回家去看我种的花花草草和养的鱼。那些鱼已经跟我很熟了，我只要站在池边，它们就会自动全部浮出水面，然后我就开始数数，发现一条都没有少，就安心了。

我偶尔去跟花花草草说说话，然后赏它们一泡尿什么的，偶尔去水池边站起来又蹲下去，一直反复，看着那些鱼一下子浮起来，一下子又沉下去。楼上施阿姨放假的时候，就在阳台上读报纸，偶尔看着我在那里忙忙碌碌的，她会问我："泽林啊，今天不打仗了啊。"

我说："不打了啊。"

施阿姨又说："这是你的小王国啊。"我说："是啊。"

然后她继续低头读报，我继续折腾我的。

那时我们正好学了一篇课文，讲述一只蝌蚪怎么又长尾巴又长腿，然后有一天它就"呱呱呱"了。学完我就很好奇，每天吃完饭准点趴家门口的人工水池边捞蝌蚪，捞了以后就全放进了我家院子的小水池里，并且告诉那些鱼不准吃。那些鱼就真的没吃。我每天对照着课本，观察小蝌蚪们，直到有一天它们真的长成了青蛙。每天夜里，它们成群结队地叫喊一个通宵，逼得我每天夜里临睡前都要去训一会儿话，学着爸爸妈妈的语气，告诉它们："你们晚上不准吵，不准呱呱叫，要按时睡觉。不然你们就不能在家里待着了！"只是没料到，它们完全不怕。后来整幢楼都受不了了，没事就站在自家阳台对着院子里的我喊："泽林啊，求求你把它们放了吧。"

后来我只能放了。我把它们全部装进桶里，带到外面的草地上时，它们都傻愣在原地不动，我顿时感到很心酸。我坐了下来，跟它们告别，说爸爸不能照顾你们了，因为大人们都不喜欢你们。最后我还是舍不得，犹豫了一下，又偷偷抓回来两只，装在裤兜带回了院子。

妈妈怕我伤心，几天过后给我买了一只乌龟，说乌龟不吵，又好养。

我渐渐就习惯了自己玩自己的，小伙伴们全部都看不见我人。小胖来找我，我说现在我有一个王国了，我是国王了，不带兵打仗了。小胖不信，我就带他到我家院子，给他展示我的花花草草和葡萄架，还站在鱼池边展示如何让鱼群浮起又沉下。小胖诧异了一整天。

那只乌龟成了我的大将军，两只青蛙是我的参谋，水池里的鱼是我的一艘艘军舰。我那些玩具、赛车、机器人，则是士兵和战士。它们每天被迫打仗，被迫讲和，被迫上演着一幕幕自编自导的故事。它们有些成了坏蛋，有些成了英雄。两只小青蛙总是被迫乘上四驱车到处晃，而乌龟被我固定在水池边，因为我觉得它要指挥那一艘艘军舰。我熟悉院子里的每一个角落，并且每一个角落都与我有关。我知道哪个角落里藏着西瓜虫，哪个角落每天会有成排的小蚂蚁，我知道里面每一株植物每一个动物的名字，偶尔还要自己调石灰给去院子里掉灰的墙壁打补丁，在墙上画满乱七八糟的东西。每天临睡前，我都去院子里打一桶井水，给花花草草浇一遍。每个周末，都给鱼池换一次水。

我时常玩累了，就把乌龟和青蛙放在我肚子上，躺在地上静静地听着周围不知名的昆虫和鸟叫声，最后迷迷糊糊地睡去。

在某个清晨，我爬上院子里的杂物房，趾高气扬地俯瞰着整个院子，从东看到西，从南望到北，就像在俯瞰着自己的一整个王国。那一刻我觉得很骄傲，我站在上面想了很久，也没想出来自己面对这一整个王国时，心里还想拥有些别的什么。于是我断定，自己那一刻已经拥有了一切。

之后十多年过去，我走过了许多地方，搬离过许多房子，我早忘记了许多关于童年的事情。直到有一天夜里，我看到了一篇别人写的故事里提到了上海，才忽然想起我曾有过一个王国，打开网页，搜索曾居住的地方"浦东金桥湾清水苑"，出来了许多那里的图片。看着熟悉的小区、人工池，我突然眼睛红了。去翻旧照片，看到那时的"小国王"正站在院子里对着镜头不谙世事地傻笑着。

很明显，那时候的他并不知道，自己最终没有成为船长，也没有成为带领千军万马的司令，更没有成为一个国王。但他曾经虽然渺小，却能站在高处，充满骄傲、心无旁骛地看着自己喜爱的风景，没有一丝惶惶与不安。

是那么的幸福。

# 你 去 了 英 国

里则林

我再见到她时，她提着 LV，一身名牌，戴着一个金贵的女式表，多了一分女人味和几分成熟。

1

十五岁时，我站在楼道里，跟所有的小伙伴挥着手，送他们升入了初三，决定留下来，再读一年初二，但不是由我决定的。

老师对我说："别人不交作业一次，扣 5 分操行分。可是我对你已经很宽容了，你每次不交作业，我只扣你 0.5 分，可你还是不及格。只能留级了。"说完忧愁地看向窗外。

我穿着中山装校服，随着他的目光，一起忧愁地看向窗外，灰蒙蒙的天空，点缀着几片当年的霾。

几秒过后，我点点头，觉得老师说的是有道理的，毕竟学校有学校的规章制度，况且学校不可能把我永远留在初二吧，想通这点以后，我欣然留级。

又一年初二，我又被安排在靠近后门的卫生角。刚刚留级下来那个时候。侥幸升上了初三的那群不知道为什么操行分能及格的校内知名"不良少年"，常常会逃课下来，在我们班后门的玻璃上，探着脑袋来围观我。围观完后，会一起大声喊我的名字，让我出去抽烟。

每当此时，同学们都会集体转过身来看着我，老师的眼神更是让我觉得能喷出一道闪电秒杀我。我无辜地看着他们每一个人，然后低下头，弯下腰，默默打开后门，溜了出去。

几个星期过后，班主任就跟年级主任反映，因为我的留级而影响了他们班级的正常教学，经常有人在上课期间敲打后门。然后我站在教导处跟主任保证以后不会了；再站在操场求小伙伴们不要再来敲门了。被我晓之以理、动之以情的他们，一时竟不知如何是好，觉得突然生命中少了一件好玩儿的事情，但经过思考，他们最终还是答应了。

之后我如去年般，开始了每天睡觉的生活。

## 2

老师和我都以为，我又会将一整个初二睡过去。

但在一个风和日丽的早上，冷清的卫生角忽然人潮涌动，热火朝天起来。我带着起床气正准备怒斥大清早就想要来拿工具搞卫生的同学，结果抬头一看，是个身材高挑儿的女生，小眼睛、小鼻子、小嘴巴，可怕的是，连胸也小，正在搬着桌椅和书本。

我毫无兴致地问她："你怎么坐到这里来了？"

她答："我在前面太闹了，老师嫌我影响其他同学。"

我顿了顿，有种同是天涯沦落人的感觉，打了个长哈欠说："你别在我这儿闹，好好做人，争取早日回到前排，知道吗？"她点点头。我马上又"砰"的一声，狠狠地砸在课桌上，倒头睡去。

只是谁也没料到，从此以后，我永远都能在上课期间随时听到小声而快速的叽喳细语，讨论的全是些我听不懂的东西，从不间断，一度让我感觉全世界都是这女生的声音；下课时更经常被一阵阵狂妄的笑声惊醒。

这女生的声音又尖又细。我从客气地提醒她到破口大骂、怒目而视，但她就是忍不住地要说话和聊天。面对这么一台聊天永动机，我甚至有时会有不知所措的委屈。

在一天放学时，我和老狗走在路上，我说："狗哥，前面来了一个傻瓜，每天叽叽喳喳，搞得我觉都睡不了。"

老狗说："打他啊。"

我："女的。"

老狗一听，停下脚步，点起一支烟，特别严肃地看着我说："你这样想就不对了，你告诉我什么叫作男女平等？"

我心想：男女平等？

老狗："你晓不晓得？人要讲究男女平等？"

我皱着眉头问："怎么说？"

老狗烟往地上一砸："女的还不是一样地打！而且女的打更重！"

听完我整个人都石化了，在那么一个明明大家都没有"三观"的年纪里，一旦身边的某个人假装有，那么身边的人就会全被传染。我刹那间就恍然大悟，觉得确实是这么个道理。

所以那天之后，我们班的卫生角经常能看到一个少女聊天聊着聊着，整个人突然往前一倒，然后惊愕地转过头去看着身后的少年。她椅子后背，全是我的脚印。

过了几天之后，我发现她开始背着书包上课，为了减震。我抬起一脚蹬去，她也就停顿那么几秒，回头看看书包，然后继续跟身旁的人聊天。我看着天花板，感到很无助。

我逐渐变本加厉，每逢下课就组织一大群小伙伴，用纸团围攻她。她虽势单力薄，也仍然一手护头一手捡起砸向她的纸团还击。

欺负她就成了我们的一个乐趣。每逢下课，一些发疯的小伙伴蹦蹦跳跳地到我面前来问我："开始了吗，开始了吗！"

但实际上，由于她的顽强和不屈服，我心里有一股强烈的挫败感。平时大家都对我毕恭毕敬，觉得多看我一看就会被我杀掉，对此，她却丝毫不理睬。

在又一个课间，我一改往日的嚣张跋扈，我说我们一起下去买东西吃吧。看我第一次对她那么客气，她突然露了一点儿羞涩的表情，然后默默地站起来，跟我走出了教室。

走过阴暗的医务室楼道时，我忽然大喊一声："弄死她！！！"一瞬间两边涌出十几个人，无数个纸团飞向她，她愣在原地被砸得劈头盖脸，看得我兴高采烈地哈哈大笑。

老狗抓着一个纸团飞向她，"啪"的一声，正好砸在脸上。

直到这时，大家才发现她一反常态地没有还击，也没有说话。突然楼道变得安静下来。

她突然抬脚飞向老狗，老狗整个人摔了出去——老狗以强壮著称，五年级丢实心球比体育老师还远，初中以后还创造了校记录。打球时面对最激烈的碰撞、也从不倒下、从不动弹的他，这一摔让我们叹为观止，全站在原地，张着嘴。

然后她从我身边走过，瞟了我一眼。这时才发现她的眼睛是红的，满是委屈。我怔住了。她收回目光，低下头走了。而那个对视让我有一种说不出的奇怪感觉。

我那时其实是一个调皮而善良的男生。调皮过后，才突然想到，其实她也是个女生。但因为交友不慎，听信了所谓的"男女平等，女打更重"理论，导致我差点儿丧失了人性。一股内疚涌上我心头。

我对老狗说："其实她刚刚哭的时候还挺可爱的啊。"

老狗一句话都没说，估计还沉浸在那无法解释的一脚中。那天之后她得了一个外号叫"大力佼"，佼是她的名字，大力是因为她很大力。

那天过后，我再也没欺负过她了。虽然我还是经常会骂她，但她也敢还口了。因为她大概知道，我对她有歉疚之情。

3

有一天老狗开玩笑跟我说："你也该找个女朋友了啊。"那时我才十五岁，但他对我说了三十五岁才会说的话。我呵呵傻笑着，想象着女朋友的画面，脑海里闪出的却是大力佼。这让我开始生自己的气，然后还得每天去克制自己别想这件事，于是我就每天都想着这件事了。

想着想着，我就觉得她其实挺耐看的，有时候还挺可爱的，特别是她放着一大堆零食在抽屉里，接着打开抽屉告诉我："看到没，这么多零食，你别偷吃！"我点点头，于是她的零食基本上都被我偷吃了。

后来，我们之间聊天越来越频繁。有时突然沉默下来，我盯着她，她盯着我，我就尴尬得脸红了起来。

一段时间过后，连老狗也能看出来我喜欢上大力佼了。

又是一个放学的黄昏，我说："狗哥，我喜欢一个女的。"

老狗："嗯，大力佼。"

我连忙红着脸手舞足蹈起来："放屁啊，老子怎么可能？"

老狗点起烟："那你脸红什么？"

老狗又说："别装！喜欢她又不丢脸，而且你要去对她说，别对我说。"说完对我眯着眼坏笑。

老狗的话在自习课上，不断地我脑海里回响，我趴在桌子上边睡觉边研究如何借鉴《流星花园》《还珠格格》《情深深雨蒙蒙》里的桥段进行表白。

正研究间，大力佼忽然转过来，用手指弹我。

我懒得理她。

她又卷起一个纸筒假装喇叭，凑到我耳边问我："你睡着了吗？"

我还是一动不动。

接着她"喂"了两声，然后我感觉到她转过来，仔细地观察着我。

我依然不动。

然后她又把纸筒凑过来，一字一句地对我说出了我毕生难忘的一句话："我——喜——欢——你！"

我耳朵能感觉到从纸筒里传来的她的气息。我头脑空白了一下，然后整个人吓了一跳，下意识地弹起来，撕心裂肺地大喊一句："哈哈哈哈哈，你居然喜欢老子！"

同学们都被吓了一跳，转过来看着我们。大力佼还保持在用纸筒连接她嘴巴和我耳朵的状态中，于是空气就凝固了，大家瞬间就明了了。我突然觉得自己可能失态了，行为太任性了。

大力佼力气很大，她红着脸，没有说话，抓起一把书低着头追着我就开始打，一直打到我躲进男厕所。

我们就这样一起早恋了。

4

早恋后的某天，我们经过一个宠物超市，看到一只猪，她很喜欢，然后我就买了。她抱着那头猪声称要好好爱护它。但在当天，那头猪对着我们哈了一口气，很臭，于是那头猪她就从来没有带回家过，一直放在我家。那是一头白天睡觉，晚上活动的猪；而它活动的内容就是在大厅瞎跑，到处撞房间的门，搞得我们都睡不着觉。有一天半夜那头猪叫得跟杀猪似的，我才发现它撞进了大厅的厕所，在坑里苦苦挣扎，我救了它，但早已心力交瘁。

后来，爸爸偷偷让保姆把它卖到了菜市场。为此，大力佼假装伤心了很久。那些日子里，我和大力佼时常放学走在市中心的步行街，到处瞎逛；还在情人节一起吃了个"跑堂"。有一段时间我们决定买两个本子一起写日记，过段时间再交换来看。她还常常和老狗拼酒，老狗觉得压力很大。

当有一天，我爸看到她时，问我："她是不是个弱智？"当时没有"萌"这个词，我很难解释。因为她经常会说一些现在想起来很傻的话，也会做一些现在想起来很傻的事。比如找不到一直抓在手上的电话，又比如找不到电话一着急用力地甩甩手，电话飞了出去。我们一起看余文乐和高圆圆演的《男才女貌》时，我哭得不能自已，她在旁边一直无奈地看着我。

　　有一天晚修结束，一个中年魁梧男人把我截住在了校门口。我不耐烦地看着他，他用手机指着我的头，让我别再跟大力佼来往了。我心中一怔，情敌都排到这个年纪了？

　　我正准备挽起袖口，决一死战，大力佼跑到旁边问了一句："爸爸，你怎么来了？"然后大力佼的爸爸训斥了我非常久，大概内容是你这么一个不务正业、平常上课都找不到人的少年别带坏了我家女儿。我义正词严地说："你不能因为成绩的好坏来判定一个人的好坏。"

　　他爸爸反问我："那用什么来判定？"

　　对啊，那用什么来判定？那个年纪里。我倔强地扭头就走。

　　但我依然和大力佼仍偷偷交往。他爸后来也无可奈何，只能尽到一个作为父亲的责任，在暗处保护大力佼。比如说我和大力佼一起看电影，散场时，猛然发现她爹蹲在最后一排，偷偷窥视我们，吓得我惊出了一身冷汗。

　　十五六岁时，其实没有人懂爱是什么，但大家都以为自己懂。至于未来是什么，没有一个人知道。由于没心没肺，所以两个人才能出于最单纯的动机在一起。

　　也因此，我们从来没想过初中毕业时会怎么样。

在初中毕业后，爹娘决定把我送去海口上高中，因为他们希望我远离那时的环境，看能不能好好做人。

那个暑假，我们心里都像压着一块石头，却又像早已达成了默契。在那段日子里，绝口不提将要分隔两地的事实。我们只是如往常一样和朋友们待在一起，欢度最后的时光。

那个暑假，是我唯一一次感觉要倒数着过日子的日子。

终于到了临走前的一天晚上，我们站在路边，我假装潇洒地把脖子上的玉佩取下来，扳成两半，一人一半，我说："这样日后我们就能相认了。"

她点了点头，把那半块玉放在手里，看着我，跟拍戏似的问我："那以后我们怎么办？"

我故作潇洒地说："有电话啊。"

她又问："那怎么见面？"

我又傻笑着说："放假我就回来了啊。"

我们就再也说不出一句话了。最后我送她上了回家的车。我看着那辆黄色的的士，越走越远，眼睛就红了。

那天回到家，父母看着我没有如往常般手舞足蹈、载歌载舞地飘进门来，而是沉默不语双眼通红。姐姐拍了拍我的肩膀，说："毕竟还小。"

走那天，一起长大的小伙伴们都在路边哭着把我送走了。但我唯独没让她来。

在海南岛，我常常面朝大海，看着对岸。幻想时间飞逝，能早日放假，见到朋友和她。

但实际上，那年放寒假的时候，回到重庆，和大力佼见面，却是另一次更漫长的告别。

爸爸厌倦了漂泊，说人总是要回到故乡的，便决定举家回到广东。心中虽然很舍不得，但看着爸爸恳求的眼神，我就没再说什么。

我打电话告诉完大力佼这个消息以后，她什么也没说，就挂了电话。彼此心照不宣地知道这意味着什么。

我一个人坐在楼下的长江边，叹了少年时代第一口也是最后一口气。感觉自己有一种全世界都不懂的无奈与悲哀。

那年，重庆下一了场久违的雪，细碎的雪花，触手即融。坐上回海口上学的飞机，看着江北机场，想到下一次回来，不再是某个特定的寒暑假时，觉得整个少年时代从此被一分为二。

回到海口，紧接而来的就是我的生日。我收到一大箱大力佼从重庆寄来的东西。上面写着：要从下面打开。于是我从下面把那个很重的纸箱剪开的瞬间，有几百颗糖果像水一样倾泻而下，哗啦啦落了一地。里面的信写着："要的就是这种效果。"

而我的初恋，莫名其妙地开始，也莫名其妙地结束了。就像这糖果一样，许多甜蜜倾泻而下，但却只能仅此一次。之后许多年，我们再也没见过。

5

时光飞逝，大四时，我去了北京实习。有一个从小一起长大的朋友来看我，我们去了南锣鼓巷，喝着酒，听着不知道哪传来的一个沙哑声音，唱了一晚上不知名的情歌。

也不知从哪儿接入的话题，她跟我聊起了我的初恋，她说："后来她经常去酒吧。她高中时交了一个男朋友，对她不好。再后来，你也知道，她考上了川外。你最后一次见她是去年咪咪哥结婚的时候吧？那之后，她去了英国，在机场大哭着走的。"

我点点头，没有说话，我能想象到那个画面和她心中的惶恐。

那天回去的路上，坐在车上，我觉得很孤独。那种孤独并非来自异地他乡孤身一人，而是来自你在异地他乡孤身一人时想起曾经。

我记得咪咪哥结婚那天，我在大圆桌的一角坐着，低头玩手机，忽然听到小伙伴们几声做作的咳嗽。我抬起头，猛然看见了她。我曾设想过再见到她时，她会是什么样的。那天她提着LV，一身名牌，戴着一个金贵的女式表，多了一分女人味和几分成熟。

我们彼此对视了一眼，我忽然笑了，说："你这傻瓜。"然后大家都笑了。我们两个人又尴尬地看向了别处。

那时我想，我们只是这样而已：没有过什么激烈的争吵，没有过三观不合，没有过性格不符，也无关物质，只是纯粹地能不能在一起。分开仅仅是因为那个年纪里，注定了没有结果和不了了之。

你去了英国，我却在世界的另一头想起了你，就像想起一个老朋友。时间带走的那些单纯日子，如今偶尔还会和朋友笑着谈起，只是早上再照镜子时，发现已是另外一张成熟的脸。

# 像 空 气 ， 像 大 地

里则林

无论我们曾爱过多少人，最后留下来的，一定是那个让你习以为常的人；像空气，像大地，让你活得踏实。

1

咪咪哥最后一次分手，是在二十三岁那年的秋末冬至，那个女孩儿叫海螺。

那天海螺围了一条奇怪的围巾，在吃饭的时候，咪咪哥一直在思考，到底要怎么样开口。

每次缺乏勇气的时候，咪咪哥会先吃点辣。比如小时候跟人约群架，对面站了一群清一色的光头，咪咪哥有些紧张，忍不住地瑟瑟发抖，脸上的微表情出卖了他的恐惧。

对面为首的光头大喊一声："怕，怕就不要出来混！混，混就不要出来怕！"当时我在旁边，马上默默记了下来，这句话成了那年我比较有文采的 QQ 签名。

咪咪哥听完二话没说，转身就走，进小卖部买了一包泡椒凤爪，蹲在角落开始自顾自地吃了起来。大家都看着他，光头们很焦虑，并且觉得很尴尬，觉得自己阵仗排得这么大，这人居然转身就啃鸡爪去了。

当咪咪哥啃完一包泡椒凤爪，辣得不断倒吸凉气的时候，感到怒火中烧，才猛然站了起来，手里抓着一把鸡骨，甩向光头佬，大喊一声："刚刚谁说老子怕的！站出来！"然后对面哗啦啦地站出来好多人。

那次咪咪哥被打得生活不能自理好长一段时间。

所以分手那天，咪咪哥先点了一大盆水煮牛肉，只吃辣椒不吃肉。海螺在对面觉得很感动，毕竟自己只吃辣椒，把肉留给对方的男子，这个宇宙里并不多。

咪咪辣得头皮发麻，双唇类似火腿，找回了童年的勇敢时，才终于开口："你这条围巾怎么这么眼熟？"

海螺愣头愣脑地把围巾取下，然后嘻嘻地笑了起来："这条是你的秋裤，以后每年冬天来的时候，我就把你的秋裤洗干净晾起来，然后用剪刀从裆部一分为二，这样我们就有独一无二的情侣围巾过冬啦！"说完海螺傻笑着看向咪咪。

咪咪哥愣了一下，边吸着凉气，边结巴着说道："我日。那，那我们就分手吧！"

说完站了起来，转身就走。

走到一半，又回过头来，大喊着："别问为什么！也别问 why ！"

海螺只是愣愣地坐在原地，过了一会儿，才红着眼睛问："这两句话，有什么区别啊……"

咪咪哥站在原地，欲言又止，走回去，端起一杯水，一饮而尽。

分手后的咪咪哥照旧呼朋唤友，宣布失恋，但这次和以往有细微的区别，他只呼唤了我一个人。

"你知道吗？端起水杯一饮而尽那一刻，我心里飘荡着一首刘德华的《忘情水》。"

我听完心里毫无波澜，因为我太知道了。咪咪哥有特别的失恋技巧，伤感不会超过十二个小时。

　　我只是低头继续吃着夜宵，喝着啤酒。咪咪哥说完看我完全不理他，就低头不断地喝着酒，

　　但喝着喝着，我发现这是他这是要往闷酒里喝的节奏了，就像在喝酒前提前吃了一片"炫迈"。看着他忧伤的脸庞，我开始觉得有点儿惊讶，难道他是真的受伤了？于是试探着问了一句："你怎么了？"

　　咪咪哥面无表情地看着我，摇了摇头。

　　2

　　其实咪咪哥是个情场浪子，因为年少时他立志成为一个风一样的男子，但后来有一段时间类似疯子，并且不肯交暑假作业，老师一气之下让他别来上学了，他听完一气之下就不来上学了。最后去上了职中。

　　咪咪哥去了职中以后整个人都放荡不羁了起来，还被许多放浪形骸的女孩儿倒追。因为上帝是公平的，没给他优越智商的同时给了他优越的长相。

　　加上那年头那年纪我们结识的女孩子都没啥内涵，不太欣赏我这

样才华横溢的男生，只喜欢咪咪哥这样的帅哥。所以那时候我们羡慕之余，没事就开个赌盘，赌一赌咪咪哥这次的恋爱能撑多久。

有个执着的小伙子坚持赌咪咪哥会超过四个月——赌了四年，输得我们都不忍心再跟他做朋友了。

但海螺是咪咪哥生命中的奇迹，足足有一年多。这姑娘平时大大咧咧，像个傻瓜。我们第一次见到她时，她穿着一件宽领毛衣，宽到感觉她家可能需要换个洗衣机那种；穿着一条牛仔裤，一双匡威帆布鞋，挎着一个黑色斜肩包。她基本属于那种"只是因为在人群中多看了她一眼，从此觉得自己又多浪费了一秒"的姑娘。

老狗看了一眼海螺，又看了我一眼，然后对着海螺做了一个OK的手势，我摇摇头，对老狗说"你错了，应该是这个"，然后竖起了大拇指。

海螺咧着嘴开心得笑成了舒淇。其实她并不知道，老狗做的手势表示：最多三个星期要被甩；而我不赞同，摇了摇头，表示最多一个星期。

咪咪哥只是在旁边尴尬地笑着，少有的羞涩。

一个星期之后，我们大家又聚在一起，海螺姑娘仍然笑嘻嘻地坐在咪咪哥旁边，看着我们插科打诨，我默默给了老狗二十块。

三个星期之后，我们在人潮中看到咪咪哥和海螺站在车站等我们吃饭，老狗又还了我二十块。

如果满分十分的话，海螺姑娘初次见面的得分加上感情分一共得了一个"$\pi$"。可随着时间流逝，海螺姑娘在我们心目中的地位逐渐逆袭。

有天夜里，我们在咪咪哥家喝酒，她坐在旁边没有絮絮叨叨，也没有因为我们太吵闹而甩脸色的时候，我们给她加了1分；在我们临走前她先把酩酊大醉的咪咪哥扶进房间，再执意要送我们下楼打的，并且一直陪我们等到天荒地老打死不走，目送我们安全上车，又跟司机再三交代以后才肯离去时，我们又给她加了2分。第一次尝到她的手艺时，再加了3分。她用许多自然又细微的小事征服了我们，在我们心中几乎只差零点八几分就可以成为一个满分的女神了。

我们都对海螺姑娘产生了一丝微妙的情感。开始试着叫她"咪嫂"，每当这时她都幸福地笑道："乖，我给你们煮饭吃！"她就是如此实在，对一个人好，把一个人当自己人，就煮饭给他吃。

3

但咪咪哥还是和她分手了。

那天夜里，我问完咪咪哥怎么了之后，咪咪哥摇了摇头，面无表情地看着我，忧伤地说："我这次真的感觉有点儿伤心。"

我抿了口酒，点点头说："她真的挺好的，我也有点儿伤心。"

咪咪哥接着说："你知道吗？她说她的围巾是用我的秋裤做成的时候，我整个人都融化了，我觉得她太可爱了！我转身离去，看到她红着眼睛还没反应过来的那个傻样，我觉得她太可爱了！都想回去抱着她亲一口，但我忍住了，我选择喝了一杯忘情水。"

然后低头着，自顾自地打着节拍唱起了《忘情水》。

我看着咪咪哥，觉得有点儿可惜，我说："你浪荡半生，终于遇到一个能相处那么久的女孩儿，而且我们大家都喜欢她，你怎么就非要分手呢？"

咪咪哥的歌声戛然而止，看向远处，盯着路边一个醉酒呕吐的姑娘看了良久，过了一会儿才说："其实我不敢想象，一辈子对着一个人生活的生活，那也太平淡了。我感到害怕。"

我听完想了想，自己也觉得害怕，所以不知道怎么劝。我只淡淡地叹了口气，觉得没有回头的浪子基本等于瞎子，再好也进不了眼。

　　咪咪哥看着我只是不言不语地叹气，眼神却有一种奇怪的幽怨。他看着我，我看着他。

　　之后半年，咪咪哥一直没有女朋友，这是他从青春期算起，最孑然一身的半年。

　　我也只是偶尔会和海螺在网上聊聊天，她每次都会旁敲侧击地问起咪咪哥："你最近还好吧？哦。那咪咪哥呢？""你最近过得挺滋润的吧？嗯。那咪咪哥呢？"搞得我有一种莫名的心酸。

　　直到有一天，海螺跟我说，家人安排她相亲。然后又跟我说，也不算相亲，双方早就认识，感觉还不错，其实就是去走个过场，确定恋爱关系的。我听完深感惊讶，这次换作了我问："那咪咪哥呢？"过了许久海螺才回复："我都等半年了。"然后就下了线。

　　过了一会她又上线，对我说："其实我对他从来不追，不赶，只想对他好，照顾他，希望自己像围巾一样，不让他觉得像领带那么锁喉，但让他切切实实体会到温暖的包裹。仅此而已。"

　　看完我双眼一湿，回了一句："对啊。"然后就不知道再说什么了。

　　我对着电脑发呆良久。忽然想通了。

4

我抓起电话就拨向咪咪哥，电话一通，我就喊道："咪咪，海螺你还要不要？"

咪咪那头感觉没睡醒："啊……我……"

"我你妹啊！海螺要跟别人在一起了，现在在去确定关系的路上。"

"你说的在去确定关系的路上是不是一个比喻句！"

"不是！是真的在路上！"

然后我听到了那头"砰"的一声，过了一会咪咪的声音又响了起来："哪条路！"

我突然就蒙了。对啊，哪条路？然后电话那头还有人在不断地追问。

我和咪咪哥蹲在路边，他打海螺电话没人接。我打，还是没人接。一个小时过去，我们两个人就坐在路边，咪咪哥垂头丧气地说："都怪你。"

我没理他，我还在想到底是哪条路。

　　咪咪哥又说：“分手那天，我只叫了你。因为我觉得你最有良心，你会劝我，你会给我一个理由让我不分手，但你只是叹气。”

　　我才想起咪咪哥那个幽怨的眼神。我对咪咪哥说：“那时你说，你不敢想象，一辈子对着一个人生活的生活，那也太平淡了。感到害怕。其实我也一样。”

　　咪咪哥没有说话。

　　我又说：“这半年，我有时和海螺聊天，海螺每次都会问起你。今天她说，她对你从来不追，不赶，只想对你好，只想照顾你。我听完就哭了，突然就想通了。”

　　咪咪哥忧愁地盯着脚下的草，问我：“怎么说？”

　　我点起烟说：“我觉得是这样的，不管我们曾爱过多少人，最后留下来的，一定是那个让你习以为常的人。”

　　咪咪哥听完眼睛就红了，淡淡地说了句：“对啊。”

　　然后各自沉默了起来。

　　过了两分钟，咪咪哥猛然抬头，把我手机抢了过去。我惊慌失措地看着他，他得意地说："海螺的微信肯定还没删掉你吧！这个她可没办法不接！"我马上用力地点点头。

他熟练地打开微信搜索出海螺，一溜猥琐地小跑到远处没人的地方，猝不及防地对着手机大喊了一句："海螺！！！以后每年冬天来的时候，咱们就把秋裤洗干净晾起来，然后用剪刀从裆部一分为二，这样我们就有独一无二的情侣围巾过冬啦！"

过了一会，又补充道："我想跟你结婚！真的！不要问为什么！不要问 why！"

我立马躲闪到更远处，用衣服遮住了脸，以免经受不住路人诧异的目光。喊完咪咪哥举着我的手机，目不转睛地盯着。一分一秒地过去，时间随着我手机的电量不断流失，屏幕不断黑了又亮，亮了又黑。我在远处紧张地看着这一切。突然听到了一声响铃打破了胶着的空气。

咪咪哥如释重负地看向我，然后我们一起笑了。

5

后来咪咪哥和海螺结婚那天，我们一起上台为他们合唱了一首张宇的《给你们》。司仪问咪咪哥："你愿意一辈子照顾 ××× 女士吗？"

咪咪哥大声说我愿意的时候，激动地哭了。海螺也哭了。我们坐在台下也哭了。

我们都曾以为咪咪哥会浪荡一生，但谁也没想到，他却是最早步入婚姻殿堂的。老狗真的哭成了一条狗，边哭边充满诗意地说了一句："风吹向海螺，产生了美妙的声响。"我们边擦着眼睛边不明所以地点头附和着。

喜宴吃得差不多的时候，海螺来我这敬酒，说要跟我干一杯。我说："修成正果了啊，降服了个风一样的男子。"

海螺得意地对我说："那是！他是风儿，老娘就不做沙，那是傻瓜的爱情。"

我说那你做什么。

海螺傻笑着说："我做大地。如果他注定是风，我就做大地。"

我听完笑了起来，在心里默默地为海螺补上了最后那零点八几分，然后开心地说了一句："好的！满分！"海螺不知所谓地看了我一眼，傻笑着和我碰杯一饮而尽。

看着海螺的背影，我想，哪怕是风，也跑不出大地的包裹吧？

# 生 活 的 样 子

里则林


人到了一定的年纪，才会突然开始对生活有了与以往截然不同的看法，而那么个瞬间，便是成长。


1


在我初中刚刚回到父母所在的城市时，住进了一个陌生的小区。按照规定，出入都要带一张门卡，在门口的感应器上刷一下，栏杆才会升起。

那时的我总是觉得麻烦，喜欢直接从下面钻过去。而门口有一个常年站岗的保安，那是我曾经最痛恨的人之一。每次都会过来拦着我，让我出示业主卡，我摇摇头，然后又要求我报出门牌号。我才用不耐烦的语气说出门牌号，并且每次报完，都要还以一个鄙夷的眼神。

那时我和所有生活优越娇生惯养的无知少年一样，并不知道尊重是什么。如此反复多次之后，终于我忍不住了。

在保安大叔再一次把我拦下时，我深知他一定认得我，觉得他完全就是没事找事，忍不住地破口大骂起来。保安大叔只是憋红着脸，并不敢和住户吵架，礼貌地对我说，这个的确是规定，没业主卡的必须询问，否则拿什么保证你们住户的安全。

听完他这一番道理，我更是想笑，心里只觉得他就是个有点儿小权力就要用尽的小人。我依旧鄙夷地看了他一眼，然后径直走了进去。那时的我，心里不但没有内疚感，反而是暗爽。

在某天下午，我在家里阳台傻站着，突然听到楼下大门方向有谩骂声，望过去，发现一个中年男人正指着那个保安大骂着。原因和我一样。

我看到保安大叔无助地叹着气向四周张望，眼里满是委屈和无奈。那天我才明白了，自己是怎么样伤害了一个尽忠职守的人。

那时我的骄横，完全只是来自当时的并不懂得，人和人之间不会因为社会分工的不同而产生高低贵贱。远远望着保安大叔，在这样一个炎热的夏日里，穿着规定的制服，汗流浃背，心里有一种说不出的内疚。

那天下午我带上门卡，在门口的超市买了两罐可乐，然后刷卡进了小区。我笑着拿手上的卡对着保安晃了晃，保安有点儿不明白尴尬地笑着说，对了嘛，你们出入带卡，大家都方便。我把可乐给保安，我说上次不好意思啊。

保安坚决不肯收，我说你那么小气吗。

保安挠着头笑笑，有点儿受宠若惊，然后接过了可乐放在一边。

后来那个保安每次见到我都对我微笑。

那年寒假，大家都在忙着过春节，我站在阳台，发现保安大叔依然在站岗。那天下着雨，天很冷。他一个人站在小小的亭子边，时而抬头看天，时而往远处呆望。

我皱起了眉头，那天的保安大叔，定格在了我那时年少的记忆里。我想他一定也有自己的亲人，有父母和孩子，为了他所爱的家人们不用在寒风中、烈日下像他一样站着而努力地站着。

是否他的苦楚和委屈，都会融化在这样一个信念里，融化在一个来自远方的电话，告诉他的孩子，爸爸很好。

2

初中毕业以后，我便离开了父母，在另外一个城市上着高中。

在那里我遇到一个小男孩儿，他每天下午六点会准时到他爸爸的小推车那里。他爸爸是卖山东煎饼的。

我经常经过那个地方会看到小男孩儿。他茫然地看着人来人往的街道，茫然地看着人来人往。他眼里总映射出一般孩子所没有的孤独。

他偶尔自己在旁边玩树下的小草，偶尔趴在一张塑料凳上写作业。到晚上九点多十点的时候，他困了就枕着小书包睡在爸爸手推车旁的一块硬纸板上。

我时常经过他身边的时候总是看着他，他也看着我，然后我对他眨一下眼睛，他却马上看向别处，仿佛害羞一样。

有一天晚上经过一位中年男子，小男孩儿的爸爸不小心把面糊溅到了那位中年男子的衣服上。中年男子大发雷霆，指着小男孩儿的爸爸开始骂。

按照我国的传统和习俗，瞬间就吸引了大规模的围观群众。

中年男子的说法是，这里本来就不准摆摊儿，摆了摊儿还要那么不小心，还要溅到别人。

小男孩儿的爸爸很窘迫，一个劲儿地道歉，脸上尽是无奈和委屈。

我透过人堆看到了小男孩儿，小男孩儿眼里满是惊恐和无助，紧紧地抓着爸爸的衣角。后来中年男子终于骂舒服了，走了。

小男孩儿的爸爸一个人默默地坐在凳子上，也许是在儿子面前丢脸了，也许是心酸和委屈。小男孩儿站起来，在后面轻轻地不断拍着爸爸的背。

小男孩儿的爸爸摸着小男孩儿的头，在远处我看到爸爸嘴里说着什么，也许在安慰小男孩儿，告诉小男孩儿他没事。

那时候我正好走到了后面。我扭头过来，看到小男孩儿爸爸落寞的背影，看到小男孩儿爬到了爸爸的腿上，然后抱着爸爸的脖子，脸对着我。小男孩儿就那样安静地看着爸爸，手轻轻拍着爸爸的背。眼睛里一扫往日的孤独，有的只是心疼。那一刻我觉得心酸又温暖。只是突然，小男孩儿的眼睛竟然一滴一滴地流出眼泪来。小男孩儿咬着嘴，也许在努力忍着，不让爸爸发现，手不断交替着擦自己的眼睛。

或许那时我才渐渐明白，也许生活有时有一种残忍的温情，在那些相依为命努力生活的人身上。

3

长到二十几岁的年纪，回到家里的厂实习。

在某次饭局上，我和小胡坐在一起。小胡是厂里的业务员，来这里两年了，平时不谈业务的时候沉默寡言，曾经我无聊陪他一起出去跑业务。他两手托着样品，一家商店接一家商店地屡受白眼，而他只是汗流浃背，保持礼貌的微笑。

我看到他在饭桌上时，被人戏弄，被人灌酒，而他做得最多的事情就是往锅里添菜、倒酒、倒茶、递纸巾、叫服务员、开酒瓶，还有强颜欢笑。饭桌上其他人叫我小伙子，叫他"喂"。

饭后，我负责送喝多的小胡回家。

我开着车，他坐在副驾驶座，酒气熏天。车里静悄悄，只剩下呼吸声，我顺手开了音响，飘出一个低沉的声音。我一看屏幕上的播放列表，张国荣的《取暖》。

我听着听着就觉得受不了，因为太沉闷了，想随手按掉。他却急忙用手制止了我，他用征求的语气跟我说，让我听一下吧。

我点点头。

然后他断断续续地说起这首歌，他上学的时候也觉得不好听，不过出来工作以后就觉得挺好的，只是很久没听了。

　　我们就这样安静地听着这首歌，路灯投射过来的光一道一道地刷过我们的脸，路旁没有一个人，路上也没有一辆车，天上挂着冰凉的月亮。

　　只是却突然耳边传来嘶哑的声音：

　　　　你不要隐藏孤单的心
　　　　尽管世界比我们想象中残忍
　　　　我不会遮盖寂寞的眼
　　　　只因为想看看你的天真
　　　　我们拥抱着就能取暖
　　　　我们依偎着就能生存
　　　　即使在冰天雪地的人间

　　歌声很难听，我转过脸看着他，他红脖子红脸跟着音响大声唱着，我却看见他眼眶湿润。

　　他沙哑地说，开下窗。

　　我刚刚一打开窗，风便凶猛地呼啸而入，但最让我措手不及的不是风声，而是他的哭声。

　　他哭得撕心裂肺，彻头彻尾。我的右脚掌不断敏捷地踩着刹车放慢车速，而他只是对着我摆手，然后脸埋在另一只手上，泪水从他手心里漫出来。

我不会安慰人。也不知道该怎么安慰他，所以我加快车速，让风来得更猛烈些。风声越来越大，像无数旗子在耳边飘扬，却不能盖住他隐隐约约的哭声。

不知过了多久，他渐渐只剩下抽泣了，最后慢慢地安静了下来。到他家楼下的时候，他红着眼睛，在旁边的水龙头用力地搓着脸，用手抚着眼睛。他眨了眨眼睛，有气无力地问我，还看得出来吗。我说有点儿。我知道他老婆还在等着他。

他又冲了冲眼睛。我问，很不容易吧。不知道为什么，问完这话，我感觉眼睛有一种泛红的冲动。

他只是以为我问的是眼睛，他说没事，喝过酒也差不多这样。接着对我说了一些不好意思和道谢还有回去路上小心之类的话。

最后他站在晚风里，用力挺直了腰杆儿，扯了扯衣服，用纸巾把脸上的水擦干，咳了两下，吞了一口口水，然后深吸一口气，挺起胸口来，对我笑了笑，提着包上了楼梯。

我抬头看着面前这栋老旧的楼房，楼道甚至没有一盏灯，听着他疲惫沉重的步伐声，整栋楼黑压压地立在我面前，沉默而冰冷。我想他马上就要回到那个简陋却温暖的地方，他的脆弱不会让自己的老婆看到，他仍是一个身高一米八的大男子汉，在他年幼的孩子面前，他依然顶天立地。

我看着他起早贪黑，看着他回如此简陋的家，看着他面对客户的时候手有意无意地遮住衬衫上没有纽扣的扣子，他总是有礼貌地笑。只是生活对于他是怎样的寒冷，以至于他喝醉以后，听了一首沉闷的《取暖》以后，能哭得像一个孩子。

4

我曾经以为活着就是每天看太阳东升西斜，月亮阴晴圆缺。

只是岁月总会领着我们一路前行，在沿途里，捡到自己所碰见的答案。

当年少时的轻浮和空洞被成长所填充，才明白一些挂在嘴边诸如"责任""坚持"这样的褒义词为什么是褒义词。

人到了一定的年纪，才会突然开始对生活有了与以往截然不同的看法，而那么个瞬间，便是成长。最终在那些你以之为镜的人身上明白，生活也许时常残忍，但残忍里的温情和感动，坚持和付出，依然努力地去生活，才是真正的难能可贵。

# 不 过 是 流 着 眼 泪 吃 肉

陈亚豪

伟大的人或许都有着相同的伟大，可平凡的人，一定都有着不同的伟大。生活啊，不过如此，流着眼泪也要吃下肉。

7月中旬大学毕业后，我来到望京工作。离家不算远，坐一个小时的地铁，但下了地铁到单位还有将近五公里的步行距离。好在望京这一片有非常发达的三蹦子市场，北京人俗称的蹦子，就是那种烧油的三轮车，经常在路上和汽车飙，毫不示弱，还总是一蹦一蹦的。坐在里面总有种随时翻车的刺激感，从地铁口到公司十块钱，价钱合理，又能享受到飞起来的感觉，坐三蹦子就这样成了我每天生活必不可少的一件乐事。

三蹦子由于车身不稳，油门难以控制，又没有避震系统，所以翻车的概率较高，有很大的安全隐患。City God 们，也就是城管，每周都会进行一次三蹦子大扫荡，连车带人一块儿押走，再加重罚款。基本上望京这一带干三蹦子生意的都是外地来京的底层打工人员，没钱、没文化、没人脉、没技能，但凡有一点儿路子的都不会干这门差事，白天在地铁口趴活儿，一边拉客一边调动全身感官提防城管，晚上住在四百元一月的地下室里。他们和三蹦子一样，每天拼尽全力不停地飞奔，但随时要做好翻车倒地，就此告别这片土地的准备。这些都是一位优秀三蹦子驾驶员讲给我听的。

他让我叫他小六，来北京打工第三年，今年二十二，和我一样大，但坚持叫我大哥。他说坐他车的都是大哥，并不是因为我有大哥的范儿，请我不要再拒绝。我们的相识缘自我常坐他的蹦子，后来慢慢熟悉，从老顾客成了蹦友。每天清晨我走出地铁的时候他都会在路边叼根红梅等着我，这个时间点如果出现别的顾客他都会道歉谢绝，死心塌地地等我。小六是我所体验过的最优秀的三蹦子驾驶员，他常用的招牌驾驶姿势是下身跷着二郎腿，就这样炫酷的姿势却能把车骑得极稳，实在天赋异禀。不过他有一点不太好，总喜欢在路上和我聊天，我倒不是担心他会因此分心，而是他总是喜欢回过头来和我聊天，用后脑勺目视前方。

小六每天都会乐着给我讲点生活趣事，昨天哪个竞争对手翻车了，也不称称自己几斤几两，以为三蹦子是谁都能开的吗！前天哪个哥儿们一不留神撞到了城管，当场就义愤填膺地抄起随时备好的钳子卸下了一个轱辘，死活咬定这不是三个轮的。还有他千里之外的家里事，他三代单传，去年媳妇给他生了个儿子，一家人高兴得不得了，只是造化弄人，小儿子半年前得了怪病，呼吸常出现困难，方圆百里看了一遍，还是没治好。"不过不要紧，山里的孩子都命硬，我再攒个半年钱就把儿子带到大北京的医院来，咱首都还能治不好？"讲这些时小六依然乐呵着，并且，还是非要把头扭过来看着我讲。

我喜欢小六，因为他总是两眼眯成一条线，乐呵呵的，每天早上看到他，我都觉得阳光暖得可以融化掉北京的雾霾。

9月中旬的一个早晨，我继续坐着小六的三蹦子藐视所有我们一路超过的汽车。那天小六没要我钱，他说他要回趟老家，估计月末才能回来，这段时间送不了我了，给我推荐了两个同行好哥们儿，叫我以后坐他们的车，并告诉我他们是这一带排名第二和第三的三蹦子驾驶员。第二天，小六的身影便没有再出现在地铁门口，生活还要继续，我依然坐着三蹦子去公司。不过第一天没有小六的日子，我乘坐的三蹦子就为了抢路和同样目空一切的马路霸主——公交车蹭上了，险些侧翻。我很怀念小六。

终有一天你会明白，如果你遇见了一个优秀的三蹦子驾驶员之后，其他蹦子都会变成将就。

一个星期后，小六提前回来了，在地铁门口看到他时我蹦蹦跳跳地就过去上了他的车。他依然眼睛眯成一条细线，乐呵呵的。只是眼角的皱纹比走那天深了一些。我开心得不得了，过去乘蹦奔腾、策蹦驰骋的日子又回来了，我又可以在小六的蹦子上觊觎一切豪车了。小六的技术丝毫没有退步，驾起车来反而更加迅猛，像一头压抑许久的野兽，向这个世界怒吼着冲向公司。

那天到公司的时间较已往早了几分钟，下车时我想起还一直没问他之前突然回老家的原因。"六子，那会怎么突然说走就走了，家里没出啥事吧？""没事大哥，儿子病情严重了，媳妇和我娘着急，让我回去看看。"

"那现在好些了吧，看你没到月末就回来了。"

"死了。喘不上气，眼看着死的，小脸都憋紫了。"

我一时怔住，嗓子里像卡进了玻璃碎片，再说不出任何话语，连唾液都忘了该如何吞咽。

"死就死了吧，这娃命苦，生下来就受这活罪。我没出息，实在没法儿治好他，早点投胎去个好人家，千万别再给我当儿子。"

没有悲愤，没有凄凉，甚至连情绪的变化都没有，小六就这样平静地讲述着一个好像与他毫无关系的孩童的死去。

可他眼角下那在一周里好像被锥子凿刻了的皱纹，没能藏住他内心的悲痛。

秋日清晨的暖阳照射到小六的脸上，他的眼睛又重新眯了起来，嘴角再次咧出弧度："大哥，你快去上班吧，我回去趴活儿了，明儿见。"

不似春的生机盎然，夏的浪漫浮华，冬的安宁沉静，秋天就像一位历经人间百态、谙熟命途多舛的中年男子，已经走过了盎然，穿过了浪漫，为了那最终的安宁，只得坚强到沧桑满面。

或许每个人，都逃不过这命里的秋天吧。

9月末，一位过去要好的舞友阿飞来找我和其他两个哥们儿吃饭，每个人都西装革履，人模人样的，再也不是曾经那个放荡不羁一边走路一边塞着耳机做 Pop 的街舞少年。饭桌上，我们聊起了过去舞蹈带给彼此的快乐，聊起拿过的奖项，创下的辉煌，还有台下姑娘们的尖叫。只是谁都逃脱不了岁月这把刻刀，青春里的光鲜和华美都会被它悉数刻进眼角的鱼尾纹，埋藏在当年勇的话题里。

阿飞说，刚毕业那会儿，身边跳舞的朋友还都在坚持，每周都会找个舞室聚一下。现在都找不到人了，就剩他自个每晚洗完澡在浴室的镜子前翩翩起舞了。

阿飞是东北人，我对阿飞的了解其实只限于舞蹈。四年前他来我家这边念大学横扫了本土街舞圈的所有人，他是我认识的跳舞朋友里练舞时最专注的，也是唯一一个把爱好坚持进生命里的人。不过后来被我反超了，让我抢回来了本土第一的宝座，没办法，我就是受不了别人比我帅。

除此之外，我还知道阿飞很喜欢笑。四年，我几乎从来没有听他讲过一件不开心的事，永远笑嘻嘻的，永远生活太美好。有一次他丢了钱包，钱包里除了各种卡之外还有刚取的两千元人民币，但他的第一反应是立马找出一支笔和一张纸，埋头写了半小时，然后咧着嘴对我们说："哈哈哈，终于可以狠宰你们一顿了！"我们这才发现纸上写的是下个月要蹭饭的人名单和详细的时间安排……

席间阿飞出去接了个电话，回来后眼圈就红了，要了一瓶白酒和六瓶啤酒。他从来不喝酒，他总说他喝这玩意儿就是喝毒药，每喝一口都得少活两天。另一个哥们儿前阵子刚因为中美异地和四年的恋人分手，一直嚷嚷着要喝两杯，看到阿飞现在舍命陪君子，大家的酒兴都被点燃了。

借着酒劲，你一言我一语地开始诉说起各自最近生活的不如意，但觥筹交错间没有任何安慰的话语，只有嘻嘻哈哈，互相指着鼻子嘲讽着对方的苦痛。很多事情，还真的是笑笑就过去了。

阿飞一直没有说话，还是笑，只是笑。

他用迷离的眼神看着我："你知道为什么我对舞蹈这么坚持吗？"旁边的大宇说："豪哥，我跟你说，阿飞可是有故事的人，你们以前没深聊过，绝对够你写篇文章的。"

我知道他有故事，一直都知道。

这些年我认识或遇见过不少像阿飞一样的人，每天都没心没肺的，恨不得把嘴角咧到耳根，简直觉得他们是在郭德纲的相声里长大的孩子。

可是越是这样的人，越是总隐约觉得他们的心里并没有那么多的明亮。就像那句听起来很矫情的话，笑得最开心的人往往也是哭得最伤心的人，这话其实还挺对的。

越是拼尽全力地向阳生长，越是为了甩开身体里的阴影。

那些似乎从来没有过灰暗情绪的，始终不愿提及悲苦故事的人，心里都不知道藏了多少疤。我们避而不谈的，往往像极了我们自己。

这是认识阿飞这些年，他第一次主动讲述自己："年幼的时候父母离婚，没过两年，妈就去世了，因为先天的遗传疾病。从小到大我都是在姥姥身边长大的，她是我这世上最亲的人，也是唯一的。上学后，由于家庭原因，基本上都在四处转学漂泊，我从来就没有过什么朋友。妈的病也遗传到了我身上，身体一直很差，其实能活多久我自己也不知道。好在后来接触了街舞，跳舞对我来说远不只是爱好，是我生命的一部分。说句夸张的，它是我的精神寄托。而且让人开心的是，因为跳舞我认识了不少舞友。我对人生没什么想法，没有奢求也没有梦想，我就觉得能活着就很好了。现在每天早上游泳晚上跑步，尽量维持身体健康，使劲活，能和朋友们跳跳舞，偶尔像现在一样破戒喝两口酒就够了。"

阿飞平淡地讲完这段话，只是讲述，没有任何对苦痛的倾诉和怨愤。大家什么也没说，一起干了杯中酒。

"人活着必须坚强，除了坚强，一切都没有意义。"这是那天酒桌上阿飞的结束语。

走出饭店时夜幕已深，哥儿几个一时兴起想跳会儿舞，于是我们走到一个路灯下围成一圈，用手机放起音乐，一人一段轮流跳了起来。没有舞台，没有追光灯，没有音响，没有观众，只有我们自己。9月末的北京已经很凉，但大家都跳到大汗淋漓，坐在马路牙子上，你看着我我看着你，哈哈哈地笑了起来。

能吃肉的时候就大口吃肉，想喝酒的时候就喝个痛快。挫折、苦难，悲伤、失落、迷茫、彷徨、离别、孤单，这不过是一个个两字词语，被它们击倒的人，不过是不想再站起来的人。

那晚阿飞接到的那个让他忽然红了眼眶的电话内容，是他姥姥去世的消息。从小带他长大的姥姥，他这辈子最亲的人。我们告别时他告诉大家的。

"每一个不曾起舞的日子，都是对过往生命的辜负。"我想起了狂人尼采的这句话。

10月中旬的清晨，我继续坐着六子的三蹦子来到公司，下车离开时六子叫住了我："大哥，晚上有空吗，想请你吃个饭！""有啊，五点下班，楼下等我。"

"对了，给咱这座驾洗个澡，晚上咱去点上档次的饭店，就开着它去。"小六笑着眯起眼睛，爽快地答道："好嘞。"我也眯起了眼睛。

下班后，小六如约而至，还真给三蹦子洗了个澡，那铁皮锃亮锃亮的。我当时想着如果下一部变形金刚里能出现一辆三蹦子，那绝对亮瞎中国观众的眼睛。我上车给他指着路，小六继续跷着二郎腿，老样子，一边向前开一边回过头和我聊着天，在一家朝鲜烤串城前我们停下了。

　　小六下了车和我一起上楼，这是从 7 月相识至今，我第一次看到离开三蹦子的小六。我终于明白为什么他一直要跷着一条二郎腿炫酷地开车，他的左腿是瘸的。

　　我把店里所有的招牌烤串点了一遍，满满一桌子的肉，然后要了一箱啤酒。

　　"先说好了，今这顿饭我结账。"我对小六说。

　　"不行不行，凭啥啊，都说了我请你！"

　　"行，那咱就看谁最后能清醒着出门。这会儿说得再潇洒，一会儿喝得连爹妈都不知道叫啥了也是抽自个嘴巴。"

　　"哈哈哈。大哥，你可别逞能啊，我每天早上起来都是喝两盅才出去趴活儿的，你能看出我酒驾吗？"小六冲我扬了扬下巴，一脸的傲娇。

　　"我 × 你爹！"

　　我要了两个大碗，一碗差不多是半瓶啤酒。我俩谁也不服谁，比着大口吃肉，比着举起碗就一饮而尽。

　　我记着半箱下肚的时候，旁边桌两个韩国人，估计是被我们大碗喝酒的架势所震慑，倒了一杯啤酒过来敬酒，用蹩脚的汉语说："中国人，厉害！"小六直接抄起一瓶，用牙咬开："我们是你们爹。"低头思忖了两秒钟："思密达！"然后"咕嘟咕嘟"就干了。我还没来得及去解释两句，那两个韩国人就结账穿衣服走了，囧得令人很无奈。

基本上这就是当晚喝酒的前两个小时中，小六所说的唯一一句话。

我确实喝不过小六，七瓶下肚之后，酒就卡到嗓子眼儿了，再喝一口，我就有可能像喷泉一样吐小六一脸。他也多了，看刚才的豪侠之气，我真怕万一吐到他身上他会抄起酒瓶子揍我。他继续大口吃肉大碗喝酒，我抽着烟，养精蓄锐，等着……结账。

在我彻底甘拜下风的一小时后，小六继续神勇着。我拿起根烟点燃后送到他嘴里时，他突然就像狼嚎一样开始哇哇大哭。我被吓了一个激灵，赶忙拿纸巾递给他。小六挥挥手，继续狠狠地吃肉，就那么泪流满面地大口吃着肉。

"大哥，我以后送不了你了。家里媳妇跟别人跑了，我怪不了她。我没出息，出来打工三年多也没能混个人样。儿子的死对她打击也很大，我知道她恨我，恨我没能治好儿子。

"我俩从小在山里长大，真是青梅竹马的。她可是我们村里的村花，好看着呢！跟了我真是委屈，你说我有啥值得她跟的？听说她现在跟的那个人是我们那片最有钱的人家，好事啊！

"我娘年纪大了，一下给气病了，我得回去陪她，让她好起来。我再没出息，我也得让我娘好起来，你说是不是？"

"是。"我干了一碗。

小六笑了："大哥原来你还能喝啊，能不能实在点？"小六的眼泪一直在淌，这是我第一次在眼前看着一个人，边哭边笑，还一边大口地吃肉。

后来小六再也没提这些事，他开始跟我唠嗑扯淡。他讲了很多他们三蹦子兄弟的故事，讲他们为了能给家里多汇钱，三个人挤在十平方米的地下室里；讲他们离家多年，半年集体攒钱装回大款，去燕郊找小姐的经历；讲他们为了生活，做的那些偶尔有失道德的疯狂事；讲他们每晚睡觉前都会一起唱首家乡的歌。

我听得津津有味，沉浸在他的话语里，比起平常朋友和同事讲的那些前天谁赚大钱升职了，昨天谁终于历经艰辛实现梦想，今天谁多么励志多么辉煌，更有趣。有趣的不是小六的讲述方式，而是他讲的每一句话，都太过真实，真实得更像生活，真实的，这才是人生。

生活真的有那么多光鲜和靓丽吗？生活真的可以一如海面升起的太阳让人向往和着迷吗？生活真的是有那么多苦尽甘来的实现和获得吗？

与其说人生是为了实现和获得，不如坦诚地说，人生不过是不断地失去和承受。

"生活就是这样，不如诗啊。"

那晚我背着小六离开饭店，我走得战战兢兢，努力平稳脚步，真怕一个震荡他就吐我一头的啤酒加肉。小六好样的，一直没吐，就是一边撕着我的耳朵一边喊"驾"。我突然想到，他不过和我一个年纪，大学刚毕业的年龄，还是一个大男孩儿啊。

背他回去的路上，小六一直在笑，笑得酣畅淋漓。我问他："你到底在笑个蛋？"想让我哭？去你的吧！"然后又是一阵大笑。

那笑声震耳欲聋，在夜晚的空气中肆意飘荡，简直和战场上斩杀百敌的英雄一样荡气回肠。

对，小六是个英雄，生活里的真英雄。

愿他永远把酒当歌，以笑代哭，愿他永远这般倔强藐视人生一切的不如意。

小六走后，我在公司附近租了房子，再也不坐三蹦子了，以此纪念小六。

爷爷的妈妈，我的太奶奶，今年九十九岁。前年我回老家看望她时，她老远就兴奋地喊我："是豪豪吗？豪豪回来看我了！"我跑过去像对待一个小女孩儿一样把她搂进怀里。一个大半身埋进土里的人，一个全身刻满皱纹像一棵枯朽老树的人，却依然耳聪目明头脑清晰，饿了的时候能用一口假牙啃半只烧鸡。太奶奶才是我的女神。

爷爷和我说，太奶奶是个了不起的人，她和在那个裹脚年代长大的人别无二致，了不起的是她一直活到了今天。她经历了那个时代每个人都要经历过的饥荒、混乱，经历了这个世上每一个人都要经历的苦难、不如意、病痛、离别，和生活与岁月带给每个人的摧枯拉朽与孤单寂寥。

她至今依然站立在这片土地上，她没有成功和荣耀，没有策马红尘的青春，没有为了人生理想的一路奋战。但她从来没有被生活打败过，她没能从岁月那里获得些什么，可岁月也从未能从她身上剥夺摧毁掉什么。

她是一个真实的，平凡的，像这个世界上被无数人所鄙夷的又和无数人一样为了活着而生活的人。

她是个了不起的人，是我心里的女神。

太奶奶没有所谓的人生哲学和长寿秘诀，活了将近百岁走过了一个世纪的人，每一句对生命的感慨都是有着经过时间验证的深刻，但她一如过去从不言感悟也不语遗恨。我从来无法从她那里获得些指点或和经验之谈，我俩一块儿的时候干得最多的事就是一起吃烧鸡。

关于她的人生过往，我从爷爷那里听到过一二。太爷爷在世时是那个年代的财主，生意做得很大，家里有两辆马车，大土豪。这当然一定是要被革命的，被大伙深恶痛绝的。嫁鸡随鸡，嫁狗随狗，太奶奶只是命运的跟随者。

命运弄人，太爷爷不到四十就离世了，不到三十的太奶奶成为对丈夫阶级仇恨的转移者、批判的承载者。唾弃、咒骂、侮辱，这些基本上构成了她的后半生。她并没有悲愤和怨恨，像一块钟表一样继续生活，只是在每一年太爷爷的祭日时，她都会做上一锅肉，无论贫穷或富裕，然后一个人端起一碗肉坐在家里门前，一边流泪痛哭，一边大口吃肉。

流着眼泪也要吃下肉——这就是太奶奶这一辈子的人生哲学吧。

有时就觉得吧，哪有那么多的辉煌和荣耀，快乐对于人来说总是短暂的，悲痛才是永久的，才是让人铭记的。永远在受挫，在告别，在彷徨，在孤单。你说人活着是为了实现和获得吗？不是，人在世上每活一天都是在失去和承受。你说人是靠理想和憧憬活着吗？不是，人是靠坚强活着。

明明懂得很多大道理，可当自己深陷其中时，迷茫脆弱得像个孩童。生活周遭的一切就是如此，发生在别人身上时，你总会感到太过残酷和无情。可当它落到你头上时，无论如何，你也会走下去。

伟大的人或许都有着相同的伟大，可平凡的人，一定都有着不同的伟大。

生活啊，不过如此，流着眼泪也要吃下肉。

## 时 光 书 店

陈谌

"你终于明白了，孩子。要知道你们生而为人，一辈子都会发生太多太多的故事，但并不是每个故事都会有一个结局。"

街角新开了一家书店，就在我家出门右转十米的地方。

那里原本是一家服装店，老板一个多月前就挂了个"最后三天清仓大甩卖"的牌子开始在那里拿个低音炮没完没了地咚咚咚个不停，终于在三十天后把仓清完搬家走人了。好不容易耳根清净了几天，我本想趁着新店还没入主的空当出门走走，却发现这家书店竟然已经这样悄声无息地开起来了，一点儿装修动静都没有，这着实让我觉得有些惊讶。

我走到门口一看，招牌是刚挂上去的，很朴素的木牌子上刻着"时光书店"四个大字，显得简单而低调。迈步走到店里，光线有些昏暗，看不清楚店里的陈设。我正努力眯起眼睛想要适应这里的光线，柜台那边忽然传来一声咳嗽声。

"您好，请问有什么需要吗？"听声音像是个大妈。

"那个，请问书店开张了吗？我想进来看看书。"我有些局促。

"已经开张啦！只是电源还没有接进来，光线有些暗，不好意思呢！我给你点根蜡烛吧。"她不紧不慢地说道。

然后我便听到了划火柴的声音，接着从柜台那里浮现了一晕微弱的烛光，直到她拿着烛台慢慢地走过来，我才看清了她的脸。

这是一位很慈祥的大妈，大约有六十岁上下，戴着一副老花眼镜，穿着深色的毛线衣。她的腿脚似乎有些不灵便，走起路来略显蹒跚。借着她手里的烛光，我也看清了店里的陈设，书架上还没有摆上什么书，大部分的书都一摞一摞地堆放在地上，显得有些杂乱无章。

"小伙子吗，你好啊，你是我们店里的第一位顾客呢。"她冲我微笑着说道。

"您是书店的老板吗？"

"是的呢。"

"这个……您的店里似乎还没有布置完呢。"

"毕竟上年纪啦，一个人摆那么多书还得花些时间。不过不碍事的，想看什么书可以自己去找。"

她把手里的烛台递给我，我就借着烛光在书店里逛了起来。由于地上还摆着不少书，我深一脚浅一脚地走得小心翼翼，生怕把什么书给碰倒了。我心里默默地想，自己逛过这么多书店，这般架势还真是头一遭，别说还挺风雅的，真有几分秉烛夜游的味道呢。

我走到一个书架前拿起一本书看了看，是本旧故事书。我翻到后面一瞧，是二十年前出版的，泛黄的书页里散发出一种旧书特有的气味。我从这个书架上一本本地看过去，发现竟然全部都是旧书，书的历史至少都在十年以上，更早一些的甚至还有三四十年前的。我拿起它们的时候几乎都有些担心，这些比我还要年长的书就这么在我手中散掉，然后寿终正寝了。

我走回到柜台前，问大妈道："您这店里都是旧书吗？"

她从老花镜的上面望了我一眼道："是啊，我们这里没有新书的，只收旧书，而且必须是十年以上的故事书。"

"那这里的书外借吗？"

"不外借的，有些书的年龄太大啦，它们已经经不起折腾了。""那您回收这些旧书，又不外借，是要做什么用呢？"

她很有深意地冲我笑了笑道："我们出售回忆呀。"

"出售回忆？"

"你想呐，很多人在年轻的时候，或者小时候都听过各式各样的故事，但是很多故事书随着年龄的增长都被丢掉了。如果有一天你想要回味这些故事，却找不到它们，怎么办呢？这时候你就可以来我这家书店，我这里有你回忆里的所有故事。"

我若有所悟地点点头，但还是觉得有些奇怪。

"可是这里这么多的书，要让人去哪里找呢？换我估计找个三天三夜都找不到呢。"

"这你就不用担心啦。如果你实在找不到，可以把故事的大致情节写在纸上，然后投到柜台边的纸箱里。第二天再来的时候，我就会把书找到然后给你的，然后你就可以坐在店里把这个故事读完。"

"噢，难怪这里要叫'时光书店'呢。"

"嗯，你现在才发现呢。"大妈又露出了慈祥的笑容。

"原来是这样。"我口中这么念叨着，心里却依然犯着嘀咕：这个大妈真的不是在跟我开玩笑吗，她真能从如此茫茫的书海里能帮人找出一个回忆里似是而非的故事吗？况且真的会有人花钱来买一个回忆里的故事吗？

于是在好奇心的驱使下，我决定以帮大妈整理书为由，天天来书店里看书，顺便看看究竟会不会顾客上门。

这天早晨，我早早地就来到了店里。店里的电源已经通了，但是这里的灯光却不是大书店里的那种明亮的白炽灯，在几个小灯泡的照耀下，整间书店依然有些昏暗的感觉，我不知道这是不是大妈的有意为之。

过了一会儿，我正在帮大妈把二十年前的书找出来统一放在一个书架上，门外便来了一个二十多岁的年轻姑娘。

"您好，请问您有什么需要？"我上去跟她打招呼。

"听说你们这里能找到任何过去的故事？"

"呃……是……是这样的吧。"我有些底气不足，挠着后脑勺转头望了望书架背后的大妈。

"你把故事的大致情节写下来吧，然后投到那个纸箱子里。"大妈指了指柜台道。

我陪那个姑娘坐到柜台旁。她一边写一边跟我说，自己是一个作家，自己小时候大概七八岁时读到过一本故事书，里面有一篇很有意思的童话故事，这些天这个故事忽然跳到了她的脑海里，她想要把它作为自己写作的素材。可惜记忆的片段太零碎了，她甚至都不知道故事的题目叫什么，更不用说上网搜索了，无奈之下她就到了这里想看看能不能有所收获。

我侧头瞄了一眼她写的东西，貌似是一只狼和一只狐狸的幸福生活。别说这个故事了，就连这个情节乍看之下都有点儿莫名其妙的，我不知道大妈要以什么方式从哪里找出这个奇怪的童话故事。

她写完以后就把纸张小心地折好丢进了箱子里，然后跟我们道别走出了书店。一整天下来大妈都跟我一起整理着书，没有去看那个纸箱子，而店里除了那个姑娘之外也没有人再来写字条，只有一些稀稀拉拉的看书的顾客。

晚上打烊的时候，大妈把我打发走，说她要开始今天的工作了。

"今天的工作？"我有些吃惊。

"今天不是有个姑娘来找故事吗？我明天得找出来给人家呢。"

"就一个晚上时间，真的可以吗？而且就您一个人，不需要我帮忙吗？"

"放心吧，不用你帮忙了，你早点回去休息吧。"

我一走出来，大妈便关了门熄了灯。我站在门口往窗子里望了望，里面只有微微亮起的昏黄的烛光。

第二天早晨来到店里的时候，我一眼就看见一本书放在柜台上。我拿起来翻了翻，里面果然就是那个狼和狐狸的童话故事，仔细读了一读，还真挺有趣的，情节的设置很巧妙，让人回味无穷。我翻到书的最后一面，这本书是果然是十五年前的。姑娘来了以后看了看这本书，脸上顿时露出了惊喜的表情，她很开心地坐在店里把书看完，做了笔记，然后便谢过大妈之后付了钱走了。我惊异于那应该还是一笔不小的数目呢。

我有些敬仰地望着大妈道："您还真是了不起呢！您究竟是怎么找到的呀？就不怕万一找不到或者是找错了呢？"

大妈笑着摇摇头说道："不会的，不会的，我年纪虽然大了，腿脚不利索了，眼睛也花了，但是找故事却依然厉害着呢。"

我口中说着佩服，心里却觉得有些疑惑：一方面我还是觉得大妈的自信来得有些莫名其妙；但另一方面大妈还是没有告诉我她找故事的诀窍究竟是什么，我不相信单凭她一个晚上在那里翻书能找出什么所以然来。

这天下午，书店里又来了一个客人。这次是一位白发苍苍的老人，大约有七八十岁的样子了，拄着拐杖，但人却显得格外精神。

他告诉我说，他要找的故事，是他老伴儿这三十年间经常会跟他说的一个神话故事，说的大概是一个农夫到天庭后的奇遇。他老伴儿前段时间过世了，于是便再也没有人跟他说这个故事了，他很想知道这个故事原来究竟是什么样的。

我一边听他说，一边替他把这个故事写下来。这个故事听起来有些匪夷所思，并不像我之前所看过的所有神话故事，它好像有些逗乐，又好像有所寓意。我写完之后便投到了纸箱中，然后把那位老人给送走了，我不知道大妈这次有没有能力来满足他的愿望。

没想到第二天上午，我真的在柜台上看到了这本有四十年历史的书，书中的故事和老人昨天所说的虽然有所偏差，却依然是如出一辙。老先生来到店里读过这本书后泪流满面，非常感谢地对我们说他终于实现了一个多年以来的心愿，他也明白了他老伴儿和他说这个故事的含义究竟是什么了。他走之前本想给钱，却被大妈拒绝了，大妈说这个故事是她送给他们老两口的，就当为他完成一桩多年的夙愿吧。

于是我对大妈由原来的佩服变成了一种景仰之情。虽然我依然不知道大妈究竟是如何做到的，但我渐渐开始明白原来这项工作并不是像自己最初想象的那样毫无意义，原来回忆里的故事竟然会有如此大的魅力。

从那以后，店里的客人一天天地开始增多了起来。大家有抱着好奇心来的，也有慕名而来的，还有不少得到过大妈帮助的人送了很多的旧书来，想要尽自己的微薄之力来帮助更多的人，而大妈也开始变得忙碌起来。尽管如此，大妈依然还是能在第二天早晨把前一天顾客要找的故事都一一摆在柜台上等他们来取阅。

看着大妈原本冷清的书店变得热闹，我有几分替她开心，却也有几分莫名的担心。毕竟我不知道这样的神奇还能保持多久，万一有一天大妈真的没能找出故事来，大家还会相信她吗？

这天傍晚的时候，书店门口忽然停下了一辆黑色的轿车。车里走出了一个有些微微发胖的中年男子，他西装革履穿得很讲究，但脸上却挂着一丝忧郁的神情。

他来到店里，有些腼腆地说自己二十年前读过一本言情小说，但他最后没能把这本小说读完，现在再找这本小说已经找不到了，但他非常想知道这个小说的结局究竟是什么。他告诉我们说钱真的不是问题，他愿意花高价来买这个小说的结局，只要我们找到，他甚至可以帮我们把书店搬到一个更好的地方去。

只见他匆匆忙忙地把情节写到纸上，折了四折塞进了纸箱，然后便匆匆忙忙地走出了书店。

我看着他开车远去的背影陷入了深思，转头看了看那个纸箱，发现他刚才把纸张折得太厚了，以致卡在了纸箱的口子上。我环顾左右无人，就把纸拔出来想看看这究竟是怎样一个值钱的小说。但很令我失望的是，这仅仅就是一个很稀松平常的言情小说而已，男孩儿和女孩儿相恋，女孩儿后来莫名其妙地离开了男孩儿，然后就戛然而止了。

我默默地想，这还真是个奇怪的人呢，竟然会有人用如此大的代价来买一个如此狗血故事的结局。他究竟是闲钱太多了，还是过于偏执了呢？但转念一想，既然他自己愿意，那谁也拦不了他吧。只是大妈这下可赚大发了，不仅能拿一笔钱，说不定还能借此机会换家宽敞点的店面呢。

但是我却从大妈的脸上看到了一些犹豫的神色，这天她早早地就把书店关门了。我站在门口有些忐忑不安，但我最终还是选择相信她，毕竟四十年前的书都能找到，二十年前的应该不会成问题吧。

　　第二天早晨，我在书店开门前就来到了门口，发现昨天那个中年人也早早地就等在了那里。他在寒风中搓着手并来回跺着脚，一副期待却又紧张的神色，我想或许那个故事对他来说真的很重要吧。

　　我和他聊了很多。他告诉我他是一个成功的商人，他这些年通过自己的努力赚了很多钱，但是都离不开那个故事对他的影响，他很想再读读那个故事，至少知道那个故事的结局究竟是怎样的。

　　聊着聊着门开了，大妈看见我俩站在门口，露出了吃惊的表情。

　　"那个……请问您找到了那个故事吗？"中年人连忙迎上去问道。

　　大妈迟疑了一下，然后告诉他说："对不起，这个故事我没能找到。"

　　"噢，是这样，那麻烦您了，不过还是谢谢您。"他露出了极度失望的神色，甚至都有些垂头丧气了，他掏出皮夹子来依然想要给大妈一点儿钱，但被大妈拒绝了。

　　他走后，大妈倚在门上显得有些疲惫，我走过去弱弱地问她道："所以……终于也有您失手的时候呢。"

　　大妈笑着摇了摇头道："其实这个故事我已经找到了。"

"找到了？那为什么要告诉他没找到呢？"

"这个故事的结局太平淡无奇了。"

"我没能懂您的意思。"

"女孩儿离开男孩儿的原因很简单，那就是女孩儿不爱男孩儿了。后来女孩儿成家了，生了两个小孩儿，生活得十分幸福美满。"

"的确，这是个中规中矩的故事，也有着平淡无奇的结尾，但是他愿意用那么大的代价来换这个结局呢。"

"就是因为他愿意花那么大的代价，才说明他的重视程度。可是这样平淡的结局，对他而言反而是一种伤害，所以我最后宁愿选择不告诉他。"

我似懂非懂地点了点头，陷入了沉思，片刻后，我猛然间领悟到了什么。

"难道说，这是他自己的真实故事？"

"你终于明白了，孩子。要知道你们生而为人，一辈子都会发生太多太多的故事，但并不是每个故事都会有一个结局。"

# 可惜你是女二号

倪一宁

那时我们都还以为，爱就是不必澄清，也不会追问。


岳美艳没有恋情，只有绯闻。

我时常觉得，交大要是印发周报，也能凑足四个版面：召开假期实践活动总结大会算时政版；端鸟窝算社会版；学术版块是哪个教授又发现了抗雾霾新妙方；而那些风云人物的爱恨纠葛都该归到娱乐版去。要是这设想侥幸成真，我一定立刻解散西南风，踊跃投身八卦工作第一线——说这话是要有资本的，而我最大的素材，就是我的室友岳美艳。

岳美艳当然不叫岳美艳，但传闻里的她，都被赋予了这个美轮美奂却也无情无义的名字。我们初次相遇是在寝室，我蹬着高跟鞋艰难地上蹿下跳整理床铺，乍一回头，就看到一个裹着墨绿色T恤的女生走进了门。之所以用裹这个字，是因为宽荡荡的T恤，在胸口处是绷紧的，而女生的脸，美轮美奂得近乎无情无义。黑压压的眉毛和睫毛底下，眼睛像风吹过的早稻田，时而露出稻子底下的水的粼粼波纹。嘴唇涂得猩红，黄种人用正红色唇膏，往往会显脏显老，偏在她身上，有一种坦荡的潋滟。她递过手来问好，于是我闻到了她身上的香水味，微凉、有棱。后来我看《致青春》时，唯一心有戚戚的部分，就是郑微对阮莞莫名其妙却又忠心耿耿的敌意。像我们这种踟蹰于美的边沿的女生，最需要一个稍稍逊色些的陪衬，最怕遇上的，就是这种大张旗鼓的美人。

深夜的女生宿舍，就是个感情电台播音室，常是一个人抛出含糊的苦恼，另几个不明真相的嘉宾争着给答案。但我们不一样，岳美艳通常要到十点后才会踢踏着人字拖露面，可她一旦回来，整个寝室都成了她的主场。她边把头发挽起来准备洗脸，边带着三分不屑，跟我们描述这一场约会。她的约会对象，都是传闻中凛然不可侵犯的人，却被她七零八碎地，拆解成了一个个带点可笑的人物。她叽叽喳喳地讲话时，我们各自沉默地盯着书页或者电脑，不必抬头，却能默契地互相交换台词："长得好了不起啊，值得那么恃美行凶、挟爱自重吗？"

挡不住男生们觉得值得。

岳美艳不断地掺和进几桩著名的分手案里，甚至有人到 bbs 上发帖表白，行文肉麻得像是软文，这篇文章堪称交大 bbs 的起死回生之作，也把岳美艳的名气推上了巅峰。这么说吧，要是交大要筹拍一部微电影，其中那个被泼咖啡的女二号，就该钦定岳美艳。

每次跟陌生人聚会，我自报是人文学院的，都在对方的一脸茫然里找不到确切定位。后来我学聪明了，只说和岳美艳一个寝室。在场的男生大多神情为之一振，仿佛能从我身上试探出接近女神的独家密码。

但其实我和岳美艳并不相熟。你知道的，把人和人归纳到一起的，从不是空间或者年纪，而是性情和资质。她那边活得风生水起手机时常嗡嗡振动，我如履感情薄冰随时等待男友短信。但想通道理和甘不甘心，却是两回事。单身的岳美艳每次电脑进水、鼠标失灵都能找到援兵；而我就算发烧到三十九度，还是只能收获老袁的一句："多喝热水，早点睡。"怎么说呢，我们的人生遭际，就像我们的包一样，我容量巨大的 JanSport 里塞满了水杯文学史和复习资料；而岳美艳小巧的 Samantha 里，却一应俱全了唇膏梳子和喷雾。两相对比下，我那个鼓鼓囊囊的包，怎么看怎么窝囊。

能够拉近人和人之间距离的，从来都是遭遇。

坏事当然是发生在我身上的。

晚饭我跟老袁在四餐吃，点了两份烧腊饭，又点了两串烤鱿鱼。

那饭太油腻，鱿鱼倒是麻酥酥的，挺好吃。老袁一直在埋头吃饭，没动他那一串鱿鱼。我随口说了句"快点吃啊，待会冷掉了就很油"，他突然郑重其事地抬起头来说："你既然喜欢，我就把这串省给你吃。"

我盯着那溅上了褐色油星的细木杆，想不过是一串四块钱的鱿鱼，怎么要动用"省"这种高规格字眼。老袁看我发愣，以为我是感动坏了，更一鼓作气地表白："你喜欢吃的，我都愿意让给你。"

我索性放下了筷子，抽出一张纸巾来，仔细地擦完手后，把纸团攥在了手心。我尽量控制自己的声音,不因为愤怒而显得那么无理取闹："不是，老袁，这就四块钱的东西，多买一串就行了，你搞出一副贫贱夫妻的样子来干什么？"

"干吗多买啊，你这盘饭肯定吃不完了，再买多浪费啊。"

"浪费一点儿怎么了？我又不是跟你结婚过日子，凭什么要时刻计较性价比啊。"

老袁终于意识到了问题的严峻性，他把米饭拨成一堆，用那种特别隐忍的声音问我："你到底怎么了啊？"

我从这个小动作里，回想起了我们纪念日吃团购餐，去莘庄等外婆家叫号的往事，想说点什么，却被无数个"凭什么"哽住了喉咙。

我抓起包转身就走，老袁顾着收拾盘子，没有上来拉住我。

回到寝室，另外两个人都不在，岳美艳倒是罕见地没有约会，半躺在床上看美剧。我心里不痛快，难免拿东西出气，抽屉开开合合，闹出了不小的声响。

"你怎么啦？"床上的岳美艳"啪"地合上了 iPad，直起身来问我。

我没回话，一是因为不熟，再则，凭什么人家跟买菜一样挑挑拣拣，我跟卖菜的一样，计较昨天少收的三块钱。

见我没作声，岳美艳也不追问。她慢吞吞地从床上爬下来，轻声跟我商量："我想出去买榴莲酥，你要吗？"

我愣了一下。

"我昨晚痛经痛到一佛出世、二佛升天，特别想吃榴莲，又不敢买。"

"干吗不买啊？"

岳美艳抿着嘴笑，眼神朝另外两张桌子瞟了眼，我也就不再接话。

"你去吗？"岳美艳在她乱糟糟的桌子上翻找钥匙和钱包。

我想了想，说好。

回来的路上，我咬着热腾腾的榴莲酥，口齿不清地跟她控诉那顿不愉快的晚饭。当然，我一边不遗余力地抱怨老袁，一边也不忘替他添上一点儿好处。我说老袁喜欢团购的时候，也很警惕地加了句"当然了有些餐厅是蛮贵的"，嘴上絮絮叨叨地讲老袁的坏话，心里却拼命替他搜罗平日的那些好。讲着讲着，我的脸色就绷不住了，嘴角轻轻往上扬。

我替老袁兜面子的时候，一直小心翼翼地观察岳美艳的反应。

看她一脸的兴致勃勃，我又忍不住揣着恶意想，她现在听我讲这些，就跟过年听七舅姥爷的家事一样，有站在高处俯瞰俗人俗事的快感。

果然，岳美艳感叹了句："我好羡慕你们呀，打打闹闹的，多好。"

我把最后一口榴莲酥咽下，没答话。

"虽然你天天嫌弃老袁吧，可是叶蓁蓁，你真是被他吃定了。"

我下意识就想反驳，却被她温柔地揽住了肩："我就特别想知道，被人吃定是什么滋味。我跟那么多人约过会，却没认认真真谈过一场完整的初恋。偶尔回头看，全是些鸡零狗碎，所以我挺想知道，整存整取的感情，到底是什么样的。"

她的嘴角沾了点榴莲酥的碎屑，因为生理期的缘故，鼻子一侧还冒出了两颗痘痘。这样子的岳美艳，不像是娱乐版的常客，却像个熬夜赶作业的老实学生，再矫情的话，都被她说出了百分百的诚恳。

多可笑啊，爱情是一条河，无数人想要摸着稳固的石头，小心翼翼地走到对岸。岳美艳站在高高的河堤上，却羡慕起那些壮烈地扑通扑通往里跳，灌了一肚子泥沙的蠢货。更可笑的是，在河中央被一团水草缠住脚的我，明明该仇视她，却对视出了一点儿心有戚戚焉。

跟岳美艳成为朋友，是我俩大学生活中的里程碑事件。对我而言，多了一个感情上高瞻远瞩的军师；对她而言，是在敌意重重的女性世界多了一个盟友。

岳美艳教会了我朋友圈分组，教会我每晚发自拍加一句老袁一个人可见的情话；岳美艳教会我点水果拼盘外卖，然后歪歪扭扭地挤上沙拉酱给老袁送去，算是亲手制作的爱心夜宵；岳美艳还教会了我吵架时的必杀技，在吵得难舍难分的时候，冷不丁地发一句："你就该找个不爱你的女生啊，保准懂事又大气。"

我谨遵指示的同时，也多少有些不甘心，脸有差距也就算了，我们俩的情商之间都隔着一百个林志玲。

那时候我不知道，感情上的聪明，最终都会招致报应。

那是期末吧，老袁刚和同学做完一个课题，打算去校外唱K打台球，彻夜狂欢。他跟我报备完毕后，又吞吞吐吐地说，这两天手头有点儿紧，能不能先借他二百。

我背《长歌行》背得心烦意乱，被这么一问，脑子里又迅速弹跳出每次吃创意菜都是我抢着埋单的窝囊场景。但我毕竟成长了，我学会了发火前，先征求下岳美艳的意见。

岳美艳的面前也摊满了复习资料，她翻得很慢，有时嘴里默念着什么，有时就盯着那串佶屈聱牙的名字发呆。

她听完我的控诉，把书干脆地往桌上一甩，从柜子上拿下一张面膜来递给我："借啊，让他待会儿就过来拿。你敷个面膜换个衣服，好好地给他送下去。"想了想，她又接着补充，"不对，你别借他二百，要借就借四百。他既然开口了，你再借他二百就不再是情分，只是本分。再说了，这数目不大不小，你将来不好意思向他要，索性多借点，他肯定既记得你的大方，又记得要还。"

我彻底被折服了，老老实实地给老袁发过去短信："你过来拿吧，我这还有四百，全给你。男生在外面，总要宽裕点才好。"

手机很快振动了，老袁简明扼要地表达了他的感激："老婆你真好，我会永远记住这一天的。"

我回了个笑脸过去，面无表情地从钱夹里抽出四百打算下楼。其实我越来越懒得和老袁联系了，常常是微信页面聊得火热，手指尖却是冰凉的。从前我淡淡地说"没事"，却躲在屏幕后哭得稀里哗啦，现在宜嗔宜喜表情纷纭得像川剧，心底却激不起一点儿波澜。

但我也不想细究这些，老袁人不坏，对我不差，就先这么着吧。

送完钱上楼，我突然觉得很困，刚爬了两级扶梯，就被岳美艳拉住了裤脚。从我这个角度望下去，她眼眶底下有黑眼圈，是长长的睫毛也遮不住的憔悴。

她说："叶蓁蓁，我跟邱放在一起了。"

我当然听说过邱放。比我们高两级，摄影协会的。虽然技术就业内人士的评点说是一般，但相机和镜头水准倒是高标杆。明明是单眼皮，眉眼却意外地深邃，睫毛很长，当他似笑非笑地盯着你时，你会想凑近去看，他眼底明明灭灭的，究竟是什么。

这个八卦对我的期末考试影响深远。每当我被晚明那帮复社文人折磨得昏昏欲睡时，我就缠住岳美艳套点细节，立马就精神抖擞。

说得这么抖擞，其实也没套出什么关键来。岳美艳的叙述，和她没有抹口红的嘴唇一样苍白："条件还可以吧，爸爸是市政府的，妈妈做房地产，他也不打算出国，感觉挺可靠的。"

"不是，"我趴在椅背上，使劲晃了晃脑袋，"岳美艳，你这是初恋，不是相亲，你到底喜欢他什么呀？"

"不知道。"岳美艳把书一合，开始默声背诵，看我一脸的愤怒，又反问我，"那你喜欢老袁什么呢？

我能喜欢老袁什么呀，追岳美艳的男生够熬成一个部队火锅，而我呢，把那些委婉曲折地表露的好感都算上，也只够我自我陶醉半小时。我揉了揉头发，索性跳过这个问题："哎，你们平时怎么相处啊？能不能下次把我捎上。我跟老袁吃了一礼拜土耳其烤肉饭了，您下次吃西餐的时候，能顺便搭救下挣扎在中亚的我吗？"

岳美艳很少正面回答我，问得烦了，就说"下次你过来观摩"。她弯起嘴角噙着笑意看我，还轻柔地摩挲着我的脖子，我顿时化身老佛爷腕下的萨摩耶，乖顺地说："您忙，我先告退。"

但我仍然从她的镇定里，看出了名为爱情的破绽。那是在现代文学史的复习课上吧，顺着左翼右翼的脉络往下梳理，谈到张爱玲的时候，感性的女老师开始感慨她不在考试范围内的情史。

我心下烦躁，在整一段"孤岛文学"下面的画了重重的黑线，转头看向四周，都是忍耐着不耐烦的脸，再往后转，就看到了脊背笔直、右手捏着水笔的岳美艳。她倒是直勾勾地盯着幻灯片，可隔几秒钟，就会按亮手机 Home 键。她的左手始终覆盖在手机上，眼光不时地往左边瞟一眼，又迅速挪开，就像一个帮老师登分的学生，急着想找到自己的成绩，又怕那分数让自己难堪。

有时真的来了短信，她就换右手捏住手机，她打字速度很快，但中间会停顿好几次。我大着胆子，继续凑近些，发现岳美艳是先把回复打在备忘录上的，打完后要过好一会儿，她才复制到对话框里，然后郑重其事地按下"发送"键。

我知道那是为什么。

微信最糟糕的设计，就是那个"对方正在输入"，你所有的修改、反复、停顿、纠结，都通过这一句话，全盘呈现在对方面前。而一旦复制、粘贴备忘录的话，对方就只能看到最终敲定的版本，猜不到中间咬住的唇和涨红的脸。

女老师仍然在慨叹，说好好的一个才女，就那么被胡兰成磨损了心气，耗完了才华。我低下头，很想反驳她说不是的。

不是的，那句"从尘土里开出花来"的背后，未必真的是深爱；那貌似卑微的表白，正体现出张爱玲的彪悍和飞扬。真正自感卑微的人，是不会这么说的——因为太看重对方，不敢逾矩一点点，生怕对方觉得自己"贱"。敢于这样恣肆地传情达意的人，心里早已经吃定了对方。真正的低眉，大概就是岳美艳此刻的模样，捏着手机却不敢盯着看，心底千言万语，却不敢多回一句。

于是她对和邱放相处细节的讳莫如深，也就变得合情合理了。岳美艳往日好作惊人语，喜欢拿捏身段唱花腔女高音，唯独这一次，她像个小女孩儿一样清冽刚强，因此那一言不发的姿态，也就格外令人心疼。

喜欢和爱是不同的。喜欢，就会想夸耀自己，哪怕因此显得有点儿可笑；爱，就会想保护对方，哪怕因此显得有点儿可悲。

我很得意于这个发现，中文系就这点不好，总把人生当阅读理解来做，稍微有点儿感触，就急哄哄地想转化成金句发微博涨粉。但这一次，我愿意保持沉默，那是一个骄傲得近乎流畅的女孩子，最后能保有的清澈的尊严，也是我作为一个朋友，能送给这个第一次握住盾牌的情场老手的唯一祝福。

就让她头头是道地分析选邱放做男友的利弊条件吧，她愿意扯，我就愿意听。

但明显不是谁都这么想的。哪怕周报暂时还没有发刊，八卦流蹿的速度，仍然胜过流感，对着这一对联手踩在了众人肩上的男女，大家挑不出错处，却也说不出好话。那些和岳美艳吃过饭的男生，突然找到了久攻不下的合理解释，他们在被问起时隐晦地勾起嘴角，自嘲说"老子没人家的厉害，脑子再厉害有什么用"。女生则忙于观察岳美艳的衣着打扮，猜测哪一个单品是她发嗲发出来的。

我下楼打水时，前面的两个女生边等水壶满，边热烈讨论岳美艳是怎么搞定邱放的，我没去掺和这一出荒唐的对话。我知道岳美艳的风格，她宁愿做人人喊打的女二号，也不想被当众剖白那点真；她不介意被指认为心思深沉为前途辛苦筹划为豪门辗转奔波，但她介意被当成为爱痴狂的典型。换而言之，人家忌讳谈钱，岳美艳最怕谈爱。

我不动声色地看她俩不断地往促狭处想，然后幸灾乐祸地，看她们的手背，溅上了溢出来的滚水。

但我没法儿在老袁面前做到不动声色。以往我讲岳美艳的系列故事时，他只是撇撇嘴，这一回，他主动跟我摊牌，说以后别再跟着岳美艳混了。

我知道他在担忧什么，却只能避重就轻地说："干吗呀，她对我挺好的。"

"她当然要对你好，你们班同学都看不惯她，再没你这个傻乎乎的小跟班，她就彻底被孤立了。"

"什么跟班呀，她对我是真心的。"

"叶蓁蓁，你怎么那么单纯呢？她能对你有什么真心呀？你看她选男朋友的标准，再看她平时的为人，说明她是很势利的。你再跟着她瞎折腾，你马上也会被人指指点点。"

没有岳美艳在一旁谆谆教诲，我的口气就冲了些："她怎么就势利了呀？她那么好看，不找高富帅，难道还找你啊？"

"对，"老袁的脸色沉了下来，口气也沉郁顿挫起来，"我一直想跟你谈谈。叶蓁蓁，我觉得自从你们俩做朋友以来，你就变了。你以前从不会跟我计较钱啊什么的，但现在的你，却开始嫌三餐难吃，嫌门口的小龙虾不干净。蓁蓁，我不想把你往坏里想，我愿意相信，你就是一时糊涂，被岳美艳煽动的，但我真希望，你以后别再因为吃饭这些小事，跟我闹别扭了。"

老袁说话的时候，我一直在努力回想，要是岳美艳此刻坐在这里，她会怎么回应呢？我尝试着挺直脊背，也尽量忽略酸透了的鼻子，我想学着岳美艳的样子，有力地巧妙地回击他。但我又突然想到，现在的岳美艳，能帮我什么呢？她昨天才熬夜替邱放写完了选修课报告，还骗我说就是用她从前的论文改的。她就像一个久负盛名的将军，明明且战且退丢盔弃甲，却还要梗着脖子，在朝堂上把它描绘成一场运筹帷幄的屠城。

我深呼吸了口气，认真看向老袁："你说别为这些小事吵架了，可是，我们俩能碰上什么大事啊？"

老袁发呆的那点儿工夫，已经够我收拾东西走人了。我没回头看，或许他想追上来，或许不。

唉，想想老袁也蛮惨的，交大有很多对为了岳美艳争吵的情侣，但理由这么奇崛的，估计就我们俩。有时我甚至想把老袁和岳美艳约出来吃顿饭，说不定就能摒除偏见了。但仔细一思索，我还是放弃了这个奇崛的想法，老袁没蹚过什么真正的美人关，我怕这融冰之旅，会烧成暖春之约。

岳美艳就这么谈了一年。这一年里，我和老袁吵了大大小小不计其数的架。等再一次期末的时候，我已经能左手握着电话质问他为什么一打 Dota 就不理我，右手对着 PPT 勾画重点了。微信表情越出越多，可彼此见面时的表情，却越来越僵硬。可到了真正要分手的关头，我又平白地，生出一些不舍来。就这个问题，我咨询过岳美艳，她答得很科学："分手这种事情，是要计算沉没成本的呀！你投注的时间、金钱、精力、热情，就这么打了水漂，你当然会舍不得。"

我顺势问她："那你呢？你干吗不跟邱放分手？"

邱放和岳美艳的恋爱，一直都被家里人严令禁止，怕儿子拿家里的钱养女朋友，邱放他妈索性一个月就丢给他一千。那怕在"闵大荒"，一千块钱仍然只够吃食堂。邱放又嫌食堂油多盐多，三天两头溜出去，到了月中就开始问寝室兄弟借，但过后又还不上。岳美艳替他还了几次钱后，索性跟他明讲，以后两人出去吃饭，通通由她来埋单。

我跟岳美艳郑重地谈过这个事。我说："衡量爱的标准就两个，一是时间二是钱，邱放忙着考研不能陪你，难道为了你跟家里讨点钱也不行？"她抿着嘴笑，挥挥手："你懂什么呀？要是跟他家里开口要了钱，我不真成了他们嘴里的势利女人？再说了，我这是放长线钓大鱼，现在一顿羊蝎子就能哄得邱放死心塌地，这生意怎么不赚了？"

有很多反驳涌到嘴边，最终却悄无声息地咽下去。她分析得那么头头是道，我愿意假装被她说服，只要她能过了自己那关，我就愿意陪她一道装糊涂。

跟老袁的分手来得猝不及防，那天我和岳美艳考完外国文学史，决定去华联买鸡蛋灌饼庆贺——对长年只吃玉米、排骨、水煮蚕豆的岳美艳来说，这已经是一种放肆了。我们坐在摊位前，有一搭没一搭地聊天，她说邱放有点儿哮喘，说他病都病得那么书香门第。我挥挥手，说什么书香门第啊，老袁也哮喘，他每次发病，我都很想质问苍天，这不好那不好也就算了，居然连身体都不好。

我们笑得最开怀的时候，老袁发了微信来，问我在哪儿，我怕报了岳美艳的名字，又要横生枝节，就顺口说在寝室复习。他没回复，然后一道人影就横亘在了我的面前。

那晚我们算破了戒，不止吃了鸡蛋灌饼，还吃了安庆包子，吃了冰火烧烤，吃了糖炒栗子，桌子上摊满了油炸食物。我勾着岳美艳的肩膀，笑嘻嘻地说："你快记上，又一对为了你分手了。"

她眼睛亮晶晶的，可是好朋友之间，是没法儿说出"抱歉"和"拖累"这样的字眼的。她的嘴唇张了又合，最终只吐出一句："按剧情走向，你不是该泼我咖啡吗！走，买咖啡去。"

"买个屁咖啡啊！"我把面前的康师傅绿茶盖子拧开，举着瓶子高喊，"以后要多喝绿茶，争做绿茶婊！"

算是为了缓解我分手的负面情绪吧，岳美艳和邱放约好，那个周末带我一起出去玩，看看根雕展，去草坪上打牌。

我跟岳美艳坐在后排。这天是有点儿阴沉的，阳光稀稀拉拉得像中年人的头顶。车开过跨海大桥，长江口风浪起伏，车载GPS出现了异景。

大概是上次更新的时候，这座桥还没建好，地图上显示这一片区域仍然是海。代表车子方位的红色小箭头无依无靠地在漂在海上，我们仨就像在海面浮游。

岳美艳说前一晚睡得迟了，有些晕车，索性躺倒在了我的腿上。我把手搭在她温热的胳膊上，头靠着轻轻颠簸的车窗发呆。狭小的空间总给人以地老天荒的错觉，我偷觑着邱放长长的睫毛和英挺的鼻梁，想这一对以后的小朋友该多漂亮啊。

邱放的手机突然进了电话，因为设置了蓝牙连接，来电在车里直接开了公放，是邱放他妈。

"你在哪里啊？好不容易到了周末，怎么又抓不到人了？"

"我带几个朋友去看根雕展，要是有好的，就买一个摆回家。"

"哎哟，你总算也知道做点正事。你傅叔家前两天去宁波玩了，今天一大早买了海鲜给我们带回来。五点多去集市买的，不要太新鲜噢。你早说嘛就可以带小傅一起去，反正总要熟悉的呀。"

"不方便。我在开车，有话回家再说。"

那端停滞了一下，然后尖声发问："你和那个女朋友，不会还没分吧？"

我下意识地，低头看岳美艳的脸，她一定是听见了，却心虚似的把眼睛闭得更紧。我猜此刻，邱放也在从后视镜里偷瞄她的反应。

隔了两秒，邱放回话了："你让我怎么说啊，跟她说'我妈嫌你家就是普通家庭，帮我找了更好的结婚对象，所以我们要分手'，这像人话吗？"

"你就不能给她摆事实讲道理，让她知难而退吗？"那一头的声音听起来急躁又不安，"不用你亲口说，她自己也该知道，她和小傅差的不是一两个档次。人是不能差一点点的，站高半步台阶，见识到的东西就完全不一样。就她那个专业，奋斗二十年，才能在我们小区买一个厨房。她父母做生意的，老了以后一点儿保障都没有，你娶她等于娶她全家。邱放啊，你是想要多一条路还是多一堵墙，就全看你自己了。"

"哎呀，行了，行了。你又不是演《小时代》，烦不烦啊！道理我都懂，可是分手不是切菜，哪能那么干脆。我总得跟她慢慢沟通。"

"你处理好我就不来烦你。晚上记得回来吃饭，傅叔他们都在。"

知道了。"

听不出什么感情倾向，电话就这么挂断了。

我把手轻轻覆到岳美艳的眼睑上，也跟着闭上了眼睛。车子仍然开得平稳，身体底下像是垫着起伏的棉花糖，找不到支撑的着力点，只能任由它陷下去，陷下去。我突然清晰地闻到了岳美艳身上的香水味，幽微、有棱。

那个展览我们三个人都看得漫不经心。邱放一直在埋头发短信，我本来就对这种艺术品欣赏无能，只有岳美艳，不时指给我看，说哪一座曾经拿过国际大奖。好不容易逛到出口处，我说还有一堆事情没干完，不如先回去吧。回程仍然沉默，可是那种暖融融的气氛消失殆尽，开了大半个小时，邱放提起手腕看了看表，把车停在了收费站前。他偏过脸来，眼神闪闪烁烁，却只敢逡巡在我脸上："那个什么，我们家晚上有个重要的客人，我得先回去了。这边也挺方便打车的，要不你们自己回学校吧。"

岳美艳不发一言，迅速地拎着包，拽着我下了车。我们在后备厢里翻找多余的零食时，邱放低头盯着自己的脚尖，最终犹犹豫豫地吐出一句："对不起。"

"没事。"岳美艳干脆利落地盖上后盖，把一袋没拆过的薯条塞到我怀里，"我知道，你妈逼的。"

邱放迅速地皱了眉，但又吃不准这话算陈述事实还是骂人，就只能假装没听到，替岳美艳掸了掸肩上不存在的尘土："你这几天辛苦了，回去好好休息。"

岳美艳慢吞吞地扣好了外套纽扣，抬头好整以暇地笑："你也辛苦，回家好好陪客。"

其实他们对峙的时候，我已经在数钱包里还剩多少现金。我想请岳美艳吃顿好的，我没她那么会讲道理，可我相信，很多难过，是可以被消化掉的。我问岳美艳，接下来是想去喝清酒还是喝红酒，她简洁地翻了个白眼："明天第一节课是当代文学史，睡过头去谁都没法儿救你。"

我们后来挑了个本帮菜餐厅。我想着反正是我请客，就一口气点了好多肉。岳美艳只点了碗蜂蜜桂花银耳汤和一小碟香菇菜心。放平时，我肯定会嘲笑她装。可在这样的时刻，这样的节制只让我觉得哀伤。

我给她的杯子斟满水，洁白的杯沿上于是留下一抹胭色的唇印。岳美艳小幅度地转着茶杯，拨到一侧的头发垂下来，小声地叹了口气。她说："别的就算了，他肯定押准了我没睡着，那通电话就是打给我听的。他连恶人都不愿做，难听的话都要让他妈来说。"

她用手把额头上的几绺头发往后梳，继续说下去："不就是个主任吗，摆出这么个阵势，我差点儿以为是要嫁到香港山上去。分就分呗，反正一开始也就觉得邱放老实，没想到老实跟懦弱有时是近义词。"

她捏着茶杯，轻轻地跟我碰了一下："就当浪费了一年，重头来过。祝我下次好运。"

看我僵着不动，她索性笑得更放肆："哎呀，有什么关系？我当初找邱放，就是看中他综合得分高。虽然家里也就中等偏上吧，可是毕竟工作体面。虽然他蠢了点吧，毕竟不会耍心眼儿。相处这一年多，我也跟别人吃过饭、逛过街、看过电影，都存着骑驴找马的心，就不要摆出如丧考妣的脸。"

我看着她絮絮叨叨地卖弄成语，很想拿红烧肉堵住她的嘴，然后揽过她纤细的肩膀，抱一抱她。

岳美艳仍然在历数这段感情中她的累累劣迹，她就像一个莫名其妙被判了死刑的犯人，其实想不明白是为了什么，也没人能给她一个交代，于是只能不断反思回顾这小半生，说偷过邻家的葱，蹭过别人的 WiFi，晾衣服时曾和对面的西门庆有过眉来眼去……她拼命想说服自己，这个结果不算冤枉。这种喋喋不休的说服，时隔一年，仍然能让打字的我酸透鼻子。

岳美艳和邱放理所当然地分了手，围观群众比当事人更激动。不管是多么正式的活动，一旦我自报是人文学院的，就会有人模狗样的男生，小声凑到我身边问："哎，那女的现在有下家吗？"

分手的理由被演绎得五花八门，而岳美艳的缄默，让"心机女豪门梦碎，钻石男终归正途"的说法，显得那么有迹可循。

我在大学里碰见的，大多是分手时忙着写一百件感人小事的情侣。

有多少难填的愤恨啊，我当时为了她减肥二十斤，我为了他拒绝了更好的人；我曾穿越半个城市为她买榴莲酥，我也陪他在通宵教室画过图，那一腿的蚊子包，还留了一点儿疤痕。都没什么好苛责的，那些因为那谁而激起的不计后果的冲动，就像是和尚偷来的肉，都是一次性的。你知道那冲动再不会搅乱胸口，就像和尚知道再没法尝到世俗滋味，所以非要把劲道十足的回忆嚼成烂透了的肉，才肯和着酒一口吞下。

就像岳美艳反复播放的那部《泰坦尼克号》，人人都有趋利避害的天性，人人都想乘上那救生的小艇，但爱情，大概就是 Rose 固执地爬回到那不容置疑地快速沉没的巨船。爱本来就是非理性、反人性的存在啊，那些精明的世故的审时度势的念头，是你泅渡苦海时唯一的倚靠和出路。只是因着胸口的那个勇字和那股横冲直撞的爱意，你才拒绝了外界的搭救，决意和对方一道面对凄惶而不可知的命运，决心把冰冷刺骨的海水，旖旎成一场天长地久的鸳鸯浴。但后来你被欺骗、被无视、被放弃，也一点点丧失了和自然规律对抗的勇气。你独自浸泡在寒冷的海里，凝视远去的小船，那一根根桅杆，冷笑着看你大力拍打水面，呼唤早已登船而去的爱人。

所以我特别理解，分手时抢着当好人的男女，说到底他们都是被残留在了茫茫大洋上的人。

可是岳美艳不一样。她大包大揽了整一段感情的过失，她捏着洁白的杯子跟我说："我找邱放吧，本来目的也不单纯。"

那一瞬间，我特别想把滚烫的热茶倒在她单薄的肩膀上，到底是多怕被人窥破那点顽固的真心，才愿意把什么卑鄙的名头都往头上套；又到底是多爱惜那点渺小的自尊，才能用讲股票的口吻来谈论一段干净的感情。

大学和煲汤一样，前两年锅内都没什么动静，后两年随时都会咕噜咕噜冒泡。邱放考研没考上，被父母送出了国。老袁工作了，据说有一大群热心的中年妇女替他甄选优质对象。我选择了去台湾交换一年，留岳美艳一个人在交大。每次看她在朋友圈里发照片，一群男人争先恐后地点赞。我还是会忍不住笑，想起大一的时候，岳美艳踢踏着人字拖，给我们模仿某个理工男指点江山的嘴脸。

那时我们都还很年轻，没有好好心动过，也没被伤害过。

那时岳美艳，还用那种贱兮兮的口吻说："我好想知道，被人吃定是什么滋味。"

那时她还是绯闻里的女二号。

那时我们都还以为，爱就是不必澄清，也不会追问。

# 温 柔 的 风 穿 堂 过

杨美味

"我不愿成为炙烤的烈日，不愿成为夏天的暴雨，我只愿成为，一阵穿堂而过的最温柔的风。我不想做骄傲昂贵的金骏眉，我也不想成为凉爽透顶的雪碧，我只愿成为静静等待你的那杯温热的白水。"

林依人和她的名字一点儿都不配。她一点儿都不依人。

她是个胖子，我认识她的时候她就已经是个胖子了。

那年我十五岁，上高一。凭着男生特有的小聪明和初中不错的底子，考上了市里最好的高中，和刚刚认识的一群满身臭汗或阳光或猥琐的男生在学校招摇过市，嘻哈打闹。我按照成绩选位置，于是坐在教室的最后一排，上课的时候和几个跟我差不多兴趣的男生打赌英语老师的胸是 C 还是 D。通往幸福路上唯一的障碍就是班主任。

他经常会冷不丁出现在后门，从后门的猫眼偷看我们，我被怂恿去用彩色胶布封住了猫眼，班主任生气盘查起来，几个没良心的朋友第一时间就出卖了我。

班主任大发雷霆，说，你们几个混世魔王，怕你们几个影响其他同学学习，就把你们放最后一排，你们几个倒还真就王八看绿豆看对眼了是吧。下星期换位置。我亲自来排。

我的幸福生活就结束在这儿了。

几天以后，座位表被贴在黑板前面，我的位置在走廊的窗子那一边，跟窗子中间隔着两个人，旁边便是教室的过道。

看到是靠近走廊那一边位置的时候我就知道我完了。班主任会随时随地像幽灵一样出现在窗子旁边盯着你，小说看不成了，手机用不成了，小人画不成了，字条写不成了，弊也做不成了。在我本来就觉得是晴天霹雳的时候，我看到了坐在我旁边同桌林依人，顿时更觉得人生无望了。

一列三个人，林依人坐在中间，她右边坐着一个每天只知道拿着本子写啊写的女生，左边就是这个上辈子作了孽才轮到这个地步的可怜的我。

班上的女生大部分都很瘦，顶多也是微胖，林依人就成了班上最胖的女生。

她的脸不大，但是身上，可结结实实都是肉。是一个土得掉渣的女生，打扮却像一个中年妇女。头发永远扎成马尾或盘在头上，一个夏天就几件 T 恤换来换去穿，夏天也从来没有穿过短裤，都是大地色系的休闲裤和牛仔裤。脚上穿双运动鞋，冬天就在外面裹上棉袄或者羽绒服，真像一个球。本来也是很青春的打扮，但是被林依人穿上，可就完全是另一番模样了。

衣服永远是绷在身上，跑步的时候都迈不开步子，只有胸一抖一抖，身上其他部位的肉也跟着一步一晃。

我几乎不跟她说话，即使说话也基本上都是问句。比如，老师刚刚来过没，讲到哪一页，这章已经学过了吗，等等。

她也从来不主动找我说话，倒是跟前排的女生还蛮聊得来，有时候两个人就趴在桌子上说些悄悄话，然后两个人头靠在一起偷偷地笑。

她来得比我早，走得比我晚，甚至下课的时候连厕所都没见她去过。这点一直是我心里的一个疑惑。

但是那个时候我没空去解开这个疑惑，也懒得理会她。

因为我的心里满满都是许言言。

许言言是我们班特别好看的女生，不光是我觉得她好看，她眼睛不大，但是一笑的时候弯弯的亮晶晶的，鼻子也小巧，唇红齿白。皮肤上没有一点儿瑕疵，留着中发，偶尔扎起来，巴掌大的小脸，还有一颗小小的虎牙。只要许言言一笑，我就觉得我像是个在烈日下被炙烤的冰淇淋一样，融化的同时还想着，死了我也愿意啊。

我经常在看电视的时候把主角想象成我和许言言。

我叼着雪茄，踢开大门，犀利的眼光看向其他的小喽啰，以迅雷不及掩耳之势开枪结束，救出被当成人质的许言言，风在背后吹啊吹，我的大衣飘啊飘，我酷拽地一笑，搂着许言言，背后跟着我的小弟。没错这个是《上海滩》。

在子弹飞向许言言的那一刻，我飞快地扑向许言言，挡在她前面，救下她的命，然后潇洒地在她的怀里离开人世。没错这个是《中南海保镖》。

我潜入少林寺学习武功，和释小龙以及郝邵文救出被强占的许言言，在夕阳下和许言言拥吻，没错这个是《少林小子》。

许言言在我面前，眼含泪水，抚摸着我的脸，同时眼泪掉下来，说："李哲，我们再也回不去了。"没错，这个是《半生缘》，这个太阴柔了，而且不吉利，不要这个，啊呸。

而当我想象完，把目光撤回来的时候，看到了正在旁边做题的林依人的双下巴，顿时就觉得不寒而栗。场景还是那个场景，但是如果把主角换成林依人的话，就从偶像剧变成恐怖片了。

我摇了摇头，拿起笔乱写乱画，恍然听到有人喊我的名字。一抬头，英语老师正盯着我："李哲，东张西望什么，说的就是你，作业呢？"

"我……忘在家里没带。"

这种招数我从念书到现在，用了很多次，原以为老师会说下次带来或者下次注意，但是英语老师说："那行，给你十分钟，回去拿吧。"

"啊？我家蛮远的。"

"你家不就住学校对面吗？上次你爸见到我还跟我打招呼，让我特别关照一下你。赶紧的，回去拿。""老师，我好像带了，我再找找。"我把桌子盖掀起来，开始慢腾腾地，一本一本地翻，嘴里还自言自语："欸，去哪儿了，也不在这儿。"

老师翻了我一个白眼，说："那你慢慢找，下课要是还没找着我就打电话让你爸给你送来。"

我猛点头，用书挡着自己，病急乱投医地问林依人："昨天的作业是什么？"

她在本子上写，情境对话。然后把本子推了过来。

"你们都交了吗？"

她点了点头："早上就交了。课代表让你交，你在睡觉。"

我用那本书打着自己的头，我就等死吧我。

"我这里有一份草稿，我交上去的不是这个，你要吗？"

我猛点头："快给我！"

她拿出一个本子交给我，我把它藏到英语书下在前面摞起高高的书，开始奋笔疾书地抄。终于在下课的时候交上了作业。英语老师也就睁一只眼闭一只眼地放了我一马。

交上了作业就像一个刚刚炸碉堡归来的英雄一样，瘫在桌子上，换个姿势看到林依人，于是随口说了句："谢谢啊。"

她直摇头，也没有再说话。

"唉，你连写个英语作业都打草稿啊，这么认真。"

"也不是认真，反正也没事。"

"那既然你这么闲，以后你的草稿就给我抄一下吧。"

"哦。"

从这以后我每天来的第一件事就是拿过她的作业抄在自己的作业本上，到后来我干脆跟她说："要不你帮我做一下。"

林依人面露难色想推辞，但是不知为何还是答应了下来。她自己的作业，笔迹工整，没有一个错别字或者涂改的痕迹。给我写的作业上却字迹潦草，龙飞舞凤，居然没让老师看出破绽。

有时候我心血来潮想要弄懂一个题，问她的时候，她会不厌其烦一遍一遍地给我讲，当我听不懂，发脾气，她就会默默地把本子拿端正摆在自己的位置上。

林依人最好的一点是沉默。因为沉默，她不问我不想回答的问题，也不会一直跟我聊八卦。她跟我同桌，但是说过的话还不如楼下的邻居多，她不问不该问的问题，好像也没有任何好奇心。

因此我和她同桌一年时间，我对她的了解只是她的名字、排在中上的成绩和永远都掉不下来的体重。

而在这一年的时间里，我对许言言的了解可就突飞猛进了。

许言言爱笑；许言言一到下课就跟朋友们成群结队地去上厕所或者去阳台上透气。许言言的爸爸是个公务员；许言言最喜欢吃的就是萝卜炖牛腩，最讨厌吃的就是豆腐；许言言有许多的发夹，每天换着戴。许言言的成绩不好但是也没关系，反正她的梦想是当个演员，演员不需要成绩好。许言言小时候一直都是短头发。许言言爱看书；许言言老爱看些我不喜欢的节奏慢得不行的老电影；许言言一哭起来也漂亮得不得了；许言言最迷恋的明星是林俊杰；许言言还有个上大学的青梅竹马。

假期的时候，我骑着车，穿过这个城市的大街小巷，来到许言言的楼下，盯着她阳台上的小花和乱七八糟的植物。想象着许言言给它们浇水的场景，有时候能待好几个小时，太阳把头皮都晒疼了。

我经常在晚上去许言言的爸妈爱打牌的茶馆，等很久很久，偶尔会碰到独自出来的许言言，我就骑着车在她面前紧急刹车，说："许言言你怎么在这儿啊？好巧。"

许言言的生日，我在网上看好时间，坐了十几个小时的火车去另外一个城市。林俊杰的签售会，排了好久的队，然后轮到我的时候我大叫。"写上亲爱的许言言，一定要写。"她的偶像看了我一眼，笑了一下画了一个爱心，非常快速地写了，我还没来得及看出那是什么字，就被后面的粉丝推走了。后来经过我的仔细辨认，发现那几个字是"徐艳艳"。我呸，我的许言言才不会有那么俗气的名字呢。我在课上看的时候，林依人盯着它，于是我随手扔给了她，说："喜欢就送给你了。"

我忍着瞌睡，仔细看完了许言言说喜欢的那些电影，我一部也不喜欢。可是看完之后就觉得自己又渊博了，这样许言言跟我聊电影的时候我就不会没有话讲。

我把许言言的每张照片都存起来，翻了许多在她空间留言的人的相册，找到关于许言言从前的点点滴滴，宝藏一样地锁在电脑里。

打球的时候如果许言言坐在观众席上，我比任何时候都拼命，带着球横冲直撞，我什么阻碍都看不见。

自从我知道了许言言喜欢成绩好的男生之后，我每天都预习第二天要讲的内容。不厌其烦地骚扰林依人让她给我讲题，为了考得好，能得到许言言投过来的笑眼。

我也想过表白，但是当我看着许言言亮晶晶的眼睛的时候，我就紧张得说不出来话了。很少碰到让我紧张的事，可是许言言总能，要是追根究底的话，大概是她太漂亮，漂亮得让人觉得在她面前永远一无所有，永远两手空空。

下课的时候我盯着许言言跟旁边的同学翻一本杂志看，不知不觉就看呆了，转过去发现林依人正在看我，我忙解释："我没在看她。我在看她的发夹。真好看。"

许言言戴了一个淡蓝色的发夹，是"X"的形状，在耳朵旁边。

林依人点头："嗯，是好看。"

我没了话接，低下头来玩手机。过了一会儿，林依人用胳膊肘碰我，我急忙收起手机坐端正假装看书，直到班主任走。

我突然没头没脑地跟林依人说："我喜欢她。"

"嗯。"林依人点了一下头。

"下节什么课？"

"数学。"

"好烦，下下节呢？"

"体育。"

"靠，又是体育，还是学交谊舞吗？"

"嗯。"

"我真的是想不通了，那个体育老师脑子里有病吧，你们女生学跳舞就算了，凭什么让我们也一起啊，我都逃了一节了怎么还没学完。我现在最讨厌体育课了。"

"我也很讨厌。"

体育课上先是自由分组。我本来想邀请许言言跟我一组，但是在我还没想好措辞的时候，她已经被另一个男生牵着手开始练习了。我随便邀请了一个女生。最后落单了林依人和一个男生。

那个男生喊："老师我不跟她一组。她那么胖，影响我发挥。"

所有人的眼光都投过来，包括许言言。林依人站在原地，低着头手足无措，一句话都没有讲。

"她又没招你惹你，你说话怎么那么难听？我跟你换。"我不知道为何说出了这句非常男子气概的话。

林依人看着我，眼睛里的泪水越蓄越多，她急忙看向别处，把手交到了我手里。

其实我也很不想跟她一组，但是我至今都说不清楚，当时逞能的原因。

我非常不耐烦地做出搂着她的腰的姿势，跟她保持距离。无奈她体积太庞大，我的手根本伸不了那么长，所有跟别人轻松完成的优美动作，跟笨拙的林依人一起，就成了笑料。她满脸歉意地看着我，练习动作，明明是我动作的不规范，她却拼命跟我道歉，小声说着："对不起。"

大家都停下来看着我俩这组，有的起哄，有的偷笑，有的看热闹。

我心里不痛快，于是故意摔倒，装作扭伤，剩下的半节课，便和林依人坐在旁边休息。

我看着许言言和别的男生手牵着手练习，心里涌起一阵难过和不快，转移注意力问旁边的林依人："你现在有没有特别想做的事？"

"谢谢。"

"啊？不客气啦！我在问你有没有特别想做的事。我现在特别想揍人。"我盯着搂着她跟许言言四目相对笑得正开心的那个男生。

"有啊，就是跟你说谢谢。"

"那有没有特别想得到的。"

"没有。"她想了想，摇头说。

"怎么会没有呢？没有喜欢的人吗，没有想要的东西吗，没有想实现的愿望吗？活得真无趣啊。"

"有的东西看看就好了啊。不一定要得到的。"

"扯淡。"

"真的。我觉得，有些东西太美好，就不该属于我。"

"梦想这种事情呢，你就把它定高一点儿，反正你也不知道会不会实现；就定得大一点儿，实不实现都以后再说。算了，我打赌你的梦想一定很无趣。"

"我想做个老师。"

"得了吧，这又不是小学作文。"

"我真的想做个老师。"我暗自摇了摇头，林依人啊林依人，的确是跟许言言不能比，连梦想都这么无聊黯淡。

文理分科前夕，我害怕许言言分到别的班，跟我的距离更远了，于是我决定跟许言言表白。

我在上课的时候翻遍了所有我能想到的情书，东拼西凑再加上自己匮乏的语言，开始写情书给许言言。

林依人用胳膊肘碰了我一下，我立马用书把情书遮起来，假装聚精会神地做物理，嘴里还念念有词，趁着老师转身的时候，把情书匆匆忙忙地折了一下，塞进校服口袋。

不出所料，从那次体育课以后，林依人就经常缺席体育课。

当我打完篮球大汗淋漓地从操场回来的时候，看到只有几个人的教室里，林依人以一种很怪异的姿势坐着。

"有纸吗？"我问。

她的背歪着，只在凳子上坐了一半，打开书桌，半遮半掩地掏纸巾。

从书包的缝隙里，我瞥到了一个粉红色的包装袋，突然就明白了林依人这么坐的原因可能是因为生理期。

我接过纸擦汗，问："干吗还不回去？他们上完体育课就直接回去了。"

林依人说："晚点再走。"

我点点头，把校服拉链一拉，篮球往桌子底下一放，就从后面走出教室。

下午的教室没有开灯，林依人的背影看着依旧是一种很扭曲的姿势，我看着她的背影，又折了回去，把校服扔给她："我家停水了，帮我洗洗吧。"

林依人一脸惊讶，还没反应过来。

我牵过衣角闻了闻："不要因为衣服上的男人味爱上我啊，我要求可是很高的。快点去吃饭吧。"

我转身离去，顿时在心里遗憾，刚刚是没有摄像机在拍，要是有摄像机的话，我分分钟电视剧男主角啊。英俊、潇洒、帅气，还体贴。

过了几天，林依人递了一个纸袋给我。

我打开一看，是我的校服，被折得工工整整。

林依人满脸歉意地拿出一个皱巴巴的纸团，说："这个，我洗完才发现，对不起啊。"

我通过背面被水浸湿的印记，隐隐约约看见几个字，顿时明白了这是当时被我写废的情书。

我说："既然觉得抱歉那就重新给我写一份呗。"

"可是，我没看过，我不知道内容。"

"情书会写不？"

林依人摇了摇头。

我说："没关系，你就当是给你喜欢的人写。不要出现性别就好了。后面的我再看着办。"我正在研究试卷上的红叉的时候，林依人推过来一个信封。淡绿色的花纹。我大喜，拆开一看，这感天动地的文采加上我这个帅得惨绝人寰的长相，许言言还不非我莫属。我在心里仰天长啸。

我躲在被子里，借着手机的光，看着那封情书，一个字一个字地编辑，然后发送给了许言言。

接下来就是漫长又煎熬地等待。我联想了很多种回复。

如果拒绝的话，我应该怎么说。如果答应的话，我接下来要带许言言去哪里约会。

我把屏幕按亮了一次又一次，但是却没有收到任何回复。

许言言没有理我。

第二天我没去上学，装病赖在床上说自己要死了，谁都懒得理。实际上我也觉得我真的快要死了。手机嘀嘀地响，我急忙从枕头下掏出手机，却立马失望了。是林依人发来的。她问："老师现在要收分科的志愿书了，你的交了没？"我回她："你帮我写一张我选理。"

我决心去找许言言。

我等在许言言家的楼下，调整自己的呼吸，一遍一遍地想象用那种语气跟她说话比较好。

"嗨许言言又见面了？"

"许言言不知道能否赏脸给点时间聊一下？"

"你收到我的短信了吗？"

我坐在自行车座上，忐忑不安地望着远处。

许言言出现了。但是旁边还有一个男生。我不认识。两个人抱着书并肩走着，许言言走进楼道，又转过身，快速地在男生脸上亲了一下，才跑进去。

我愣在原地，觉得世界都静止了。反应过来的第一件事就是骑着车逃离这个地方。我一手把着龙头，一手抹着根本就擦不干净的眼泪，那一天，我觉得生命里所有的难过和挫折一起向我涌来。

由于快分科考试了，班上的气氛很紧张。我却浑浑噩噩地发了一上午的呆。满脑子都是许言言在那个男生脸上留下的吻。林依人把习题本推过来，说："上次你问的那个题，我找到了一种更简单的方法。"

我把书往桌子上一摔，转过头趴在桌子上："我不想听。你别烦我。"林依人没有再说话，但是我依然能在我的后背上感觉到她的目光。我更加不耐烦，转过身冲她大声说："你以后别烦我行不行，谁稀罕你给我讲题啊，你以为所有人都跟你一样要考第一啊。你做你的好学生你管我干吗，我成绩好不好跟你关系大吗？"

林依人看着我，眼神里充满了失望，她说："你别这样。"

"那你想我怎么样啊？你以为你帮了我几次就能对我指手画脚了吗？你以为你是我同桌你就够了解我吗？别高看自己好不好，你以为你谁啊，轮到你对我发号施令吗？"

林依人把习题本收回去，抿了抿嘴，转过来看我，语气平静："我只是想告诉你，如果你一无所长，脑子里什么东西都没有，你以后还会碰到无数个许言言，但是你一个都抓不住。"

我愣在原地，像是闷生生地吃了一个拳头，一句反驳的话都说不出来。

我没想过一向沉默的林依人会顶撞我，也没想过她会如此否定我。虽然她说的是我并不想承认的事实。但是细想，对我抱有希望并且耐心的，也就林依人一个。

世界上有那么多人，这么对我的，偏偏不是许言言。她像一把刀子，我用她来搅动我的心。虽然痛但是却乐此不疲。

年少的战争总是短暂而可笑的，因为这次争吵，我和林依人一个多月没有说话，一直持续到新学期的开始。

许言言选了文，去了别的班；我和林依人选了理科，还是同桌。

她依然温柔沉默，不厌其烦地给我讲同一道题。

难得碰到停电的晚上，全班点蜡烛自习，我趴在桌子上，林依人专心地给我讲现在完成时和过去完成时的区别。她依旧是那个很土很土的女生，一年过去了，好像稍微瘦了一点儿。这是我头一次在烛光下看着她，她的整张脸都映在橘黄色的烛光里，格外温柔，我第一次觉得，原来林依人也是很好看的。

分科后一学期，许言言又换了男朋友。对象不是她的青梅竹马，而是另外一个班的学习委员。我听说这个消息，又沉默了好几天，走在斑驳的树影下，想起关于许言言的点点滴滴，把眼泪抹干净，不知不觉走到了许言言的班级外面，看到她听着歌，利用课间的十分钟，跟那个男生在阳台上说着话。

到这儿，我才觉得，我为期两年的暗恋，终于结束了。

因为就算再次选择，她也没有选择我。

从此我的目标便变成了大学。因为我一心认为上了大学就能摆脱父母唠叨，摆脱作业，有大把大把时间玩游戏，有大把大把的时间泡妞而且有大把大把的妞等着被我泡。可能还有比许言言还漂亮的。

我开始认真跟着林依人学习，每天晚上看书看到很晚，第二天早上踏着铃声走进教室，林依人已经在我的书桌里放了早餐。有同学议论和拿我和林依人的关系开过玩笑，她不回应，我也不多做解释，自然也就不了了之。我对林依人的了解依旧不多，她也很少谈及自己，我怕触及她不想碰触的地方，于是也没有多问。

以后的高中生活，也就如此。

在"大学"这个词的动力下，原来以为漫长的高中生涯，比我想象中更快地结束了。

最后一次班会，班主任说着加油的口号，说："你们要相信自己，不管你们发挥得好还是不好，只要你们尽力了，就是我们高三（14）班的骄傲。"离别在即，我突然觉得班主任居高临下的姿态，也没那么讨厌了。

班会结束以后男生留下来布置考场，清理所有课桌里的东西。

我把林依人的桌子搬离留出过道，在放下桌子的时候，看到了原来放了一摞厚厚的书的位置现在空空荡荡，只有一排整整齐齐的，我的名字。

高考结束以后的散伙饭上，林依人微笑着看大家开着玩笑、抱头痛哭。她坐在角落，没有喝一杯酒，也没有抱任何一个人。

隔壁桌是许言言他们班，许言言被起哄和男朋友喝交杯酒，笑声和闹声交织成一片。我的脑子也一片空白，只是一杯一杯地灌酒喝。

我说："来拍张照片吧。"

于是我举起相机框下了所有的笑脸。

大家要散的时候，我说："等等，再来一张。"

我把镜头对准了林依人一个人。她在镜头里，对着我温柔地笑。

大家都喝得有点儿迷糊了，林依人还清醒着，她一辆一辆地在路边打车，扶着同学上出租车，跟司机仔细交代。我蹲在树下，看见几个林依人的影子，胖胖的，立在路边，伸出一只手打车，就突然有热泪往外涌，我也不知道我哭的什么。

最后林依人扶我上车，准确地跟司机说了我家小区的名字。到了楼下，我坐在椅子上，林依人在我旁边，不知道该来扶我还是站着。

我说："林依人，我能问你个问题吗？"

她说："嗯。"

我问："高中三年你为什么从来没看你在上课间去上过厕所啊？"

她有点儿害羞，笑了笑，然后说："因为我太胖了，别人出去一趟你都不需要挪椅子；我出去的话，你不光要挪椅子，还要起来给我让出位置，我才能出得去。所以我不去。"

我笑："都跟我同桌三年了，这么客气干吗。"

跟我同桌三年的林依人，知道我爱吃什么的林依人，把早餐买到教室里来给我吃的林依人，从来不问我为什么的林依人，答应我一切无理要求的林依人，占据了我大半个青春的林依人，偷偷在桌子里刻上了我名字的林依人，喜欢了我三年却从来没有跟我提过半个字的林依人。

"我还要再问你一个问题。有奖励。"我说。

"嗯。"

"喜欢一个人的话，应该告诉她吗？"

"如果她也喜欢你，就告诉。如果她不会喜欢你，就一辈子都不要讲。"

"那如果是你很喜欢很喜欢的呢？"

林依人思考了一下："嗯……我小时候，有个洋娃娃，特别漂亮，我每天都带着她出去玩，睡觉也要抱着才能睡着。有一天，楼下的小姑娘问我，能不能给她玩一会儿。那个小女孩儿又干净又甜美，我就把洋娃娃给她玩了，再也没有要回来。我觉得跟她才配，美好的东西，要配美好的人才对。这个道理，我小时候就懂了。"

我点头："嗯，这个奖励给你。哈哈。看你的记性。我布置考场的时候捡到的。"我把手伸进口袋，拿出来，然后摊开手，手心里安静地躺着一个发夹，淡蓝色的"X"的形状。我当初称赞许言言头上的那个，一模一样的发夹。

我又把手握住，再摊开："而且，我想告诉你，你配得上。"

她接过去，说道："谢谢。"

我和林依人去了不同的城市，念完大学以后，我去了一个更大的城市发展。

同学聚会，我搜寻了一圈，没看到林依人。

我却看到了许言言。我和许言言已经多年未见。她很早就嫁人了。她还是当年那么漂亮，我倒了一杯酒给她："你好歹拒绝一下我让我彻底死心啊。"

她问："什么拒绝？"

我说："我给你发的告白短信啊。哈哈我在被子里编辑了好久，结果一个标点符号都没回我。"

她一脸诧异："告白短信？我没收到啊。我还说你怎么后来都不来找我。"

我愣了一下："原来没收到啊。"

她认真地点了一下头。

林依人没来。她很少用社交网站，不传自己的照片，不写心得，也没有微博。可是我知道她已经瘦了好多，变成了真正的依人，做了英语老师，在当初我们念书的那所学校。他们说，她碰巧赶上去参加教研会，所以来不了。

我不停询问，林依人真的不来了吗？大家调侃，看林依人没来你失望成那样，果真年轻时候的恋情才是最珍贵的。

我从没喜欢过林依人，而我的青春里，到处都是林依人。

晚上回家以后，我翻箱倒柜找出了当初林依人替我写的那封情书：

　　我不想说从第一次见你就喜欢这么俗气的话，尽管这是事实。

　　我不想说想照顾你与你度过余生这么虚假的话，尽管这是事实。

　　我不想说我真诚地爱着你胜过我自己这么自大的话，尽管这也是事实。

　　我只是想在此时此刻告诉你，我不嫉妒你爱的人，我不奢求不会发生的结果，我不拒绝你的任何一个请求，我甚至不想告诉我我爱你，如果我不能成为让你欢笑的那个人。

　　我不愿成为炙烤的烈日，不愿成为夏天的暴雨，我只愿成为，一阵穿堂而过的最温柔的风。

　　我不想做骄傲昂贵的金骏眉，我也不想成为凉爽透顶的雪碧，我只愿成为静静等待你的那杯温热的白水。

　　你站在桥上看风景，看风景的人在楼上看你。我不愿成为那风景，也不会成为那人，我只愿成为，支撑起你的那座桥。

# 大　概　因　为　他　们　陪　了　我　很　多　年　吧

卢思浩

对于生活中每个陪伴过的人，不管他们是以什么形式出现，什么形式消失，都是一句：

"很开心你能来，不遗憾你走开。"

但你现在还在，而我们都还没变，真是一件值得庆幸的事情。

　　L君在他高一时树立了自己的伟大理想，那就是毕业之后要在班里弹吉他给女神听。这起源于他偶然间听到女神说起她觉得弹吉他的男生最帅，从此L君为了在女神面前装 ×，一头扎进了不归路。

　　那时他跑了半个城市对他爸妈软磨硬泡了一个多月终于弄到了一把吉他，为了成为可以在毕业时约女神出来弹吉他唱歌给她听的拉风少年，L君忽略了自己唱歌每次都跑调的铁一般的事实，开始学起吉他。

　　于是他用两年的时间认识到了——"音痴就是音痴，0 的天赋乘以 100 的努力还是零。"

高一时女神就喜欢一个乐队，动不动就念叨。这个乐队名字特别奇怪叫五月天，L君甚至认真思考了一下为什么这个乐队不能叫十二月天。大概是因为这样会让他想到十二指肠，L君决定放弃思考。隔天L君招来了最好的三个小伙伴，组成了一个乐队，叫Friday。这个乐队是一个没有原创，没有乐器除了一把吉他，而主唱是个音痴的无厘头乐队，并且这个乐队的宗旨只有一个，帮助主唱练好吉他。

转眼高二分班，L君深思熟虑后选了理科，而女神选择了文科。于是他们俩一个在四楼上课，一个在一楼。L君为了解决相思之苦，想到了一个解决办法。那就是每天语文课之前假装自己语文书没带，宁可跑四层楼去向女神借书。不知道是女神太善良还是懒得拆穿，L君的这招整整奏效了一学期。

在每天两次的固定互动中，L君终于达成了和女神互相写字条的目的，也为了能和女神有着更多的共同语言，L君开始恶补有关五月天的知识。那时候电视台刚播五月天的歌，是《恒星的恒心》，还有那首《倔强》。有天女神考试考差了，L君把《倔强》的歌词抄满了整个字条，女神后来特别郑重地回字条给L君："谢谢你也听到了这首歌。"L君莫名地为了这句话开心了一个晚自习。

高三毕业的夏天，L君终于鼓起勇气约女神。那天下午，L君背着吉他赶去学校，觉得自己真是拉风。可是他和他的Friday成员四个人在校园里闲逛了一下午，也没有等到女神的出现。后来他就干脆和他的小伙伴在自己教室的讲台前面，小伙伴拿着扫帚当吉他，讲台桌子当钢琴，粉笔擦当麦克风，愣是在无比的走调中唱完了《温柔》和《倔强》。

然后 L 君迎来了分道扬镳的那个夏天。

认识我的人都会知道，这个 L 君是谁。

陪我度过那个夏天的小伙伴们，我们一起上课下课，一起去茶座点杯喝的就耗一下午，一起去先锋书店挑书。我说老子将来一定要出书，Timi 说自己要成为很牛的设计师；N 君说自己没什么志向，只想和自己的女朋友好好的，被我们嘲笑了两年；李婧说先把大学念完再说。后来 Timi 如愿以偿地学了设计，N 君还是没能避免分手，分手后做了一件很傻又浪漫的事情，就是把他和 EX 约好要去的地方自己去了个遍，寄明信片给她；而李婧我们后来都忙，也就慢慢疏远了联系。和我最好的小伙伴们，几乎都和我隔着一个太平洋。

包括那天爽约的女神。

十年的夏天，我接到一个陌生号码，接起来一片嘈杂。但我终归是听清了电话那头是在演唱会上，因为温柔的那段 talking 辨识度太高。可除了那段熟到烂的 talking，我再也没有听清哪怕一句歌词。

我至今都不知道那个号码是谁的，就好像是 N 君至今都不知道他的明信片是否寄到了。

有些人也就慢慢断了联系，有些人也就再也没见过，管你当初和他的关系是有多好，管你当初是有多爱她。

有段时间我特别怕听到以前的一些歌，是因为怕听到以前的自己。就好像到了某个阶段，你不再频繁地翻起以前的状态和照片，因为那里显现的都是从前的你，而从前的你是个大傻瓜。只是，我可以不费力地删掉那些状态和照片，我却没办法删掉那些歌，尽管在某种程度上，我只需要动下手指。

这样的歌包括《灌篮高手》的《直到世界的尽头》，Coldplay 的 Yellow，还有五月天的《温柔》。

许久以后你会发现，你不是非要去看演唱会，其实不看也不会那么难受。重要的是你在看演唱会的时候，可以和你好久不见的小伙伴相聚；重要的是，他们也在赶往那里，而你们会创造一个共同的回忆。许久后你会发现很多事情不是一定要去做，而是要和那个人一起做。同一件事，不同的人和你一起做，你会觉得有天壤之别。我们在意的往往不是那件事情本身，而是做事的人。就好像有些歌前奏响起就赢了，不是因为这首歌有多么的惊为天人，而是这首歌里有太多你的故事。

去看演唱会的时候，发现他们的歌迷越来越多，而自己早就没当初那么狂热了，一眼看去，满是自己过去的影子。那时我产生了一种巨大的失望，不是怕台上的他们不够好了，而是怕自己终究还是远离了当初的自己。但奇怪的是，有些东西还是留了下来。

我坐的位置并不好，看不清台上的人；我看到的，都是我自己的影子。在自己开心的时候听的《恋爱ing》；在自己失落的时候听的《憨人》；在旧的音像店淘到的那张专辑，还有毕业的时候唱的无比烂的《温柔》。曾经的小伙伴失去联系，导致我有时回想过去，会怀疑那些日子是不是真的发生过，但有些歌却留了下来。

潮起潮落之后，难过伤心之后，五月天却留了下来，伴随我度过了每一次的日落和每一次的日出，每一次的低落和每一次的坚持，每一次的旅行和每一次的回途，连同我所谓的无法割舍的梦想，居然一下子都到了现在。听到那些歌的时候，我才能切实地对自己说，那些的确切实地发生过。

前阵子去南京，N君问我，你怎么还喜欢五月天呢。我说，鬼知道，大概是因为他们陪我过了那些年吧。

五月天也慢慢变红，不再是那个没人知道的乐队。他的《温柔》对很多人依旧有杀伤力，却也变成了段子广为流传。我想说着梦想的五月天终归是实现了自己的梦想，却没想到会有很多人把他变成梦想。尽管阿信一再强调，自己的音乐只是追梦中的背影音乐。

如今又是一年过去，主唱即将生日，你也是。我们都多少成长了些，不管是台上的人，还是台下的我们。或许我们都会怀念起曾经的他们，就像怀念曾经的自己一样。但不管怀念不怀念，对他们现在是什么看法，我们终究被时间拖到了现在。我不再想要告诉别人这个乐队对我的意义，因为讨厌他们的终究讨厌。有天分道扬镳了，不再听了不再喜欢了，也不要落井下石，毕竟曾经陪伴过。

每个人终究有天会明白，尽管他们无比确切地描述了我的每个心情，我们终究是平行线。谁都不是谁的终点，谁都不是谁的梦想，谁都有谁的生活，有自己的冷暖自知。

你只要记得，曾经失落的时候那些歌是怎么陪伴你就好。

对于生活中每个陪伴过的人，不管他们是以什么形式出现，什么形式消失，都是一句：

"很开心你能来，不遗憾你走开。"

但你现在还在，而我们都还没变，真是一件值得庆幸的事情。

# 我 的 老 婆 是 超 人

陈谌

"你何必把自己搞得这么累嘛。

"我只是单纯地想每天晚上抱着你睡觉而已。"

然后她就看着我，很久都没有说话，眼角有什么东西在闪闪发亮。

关于我老婆是超人这个事实，我一开始也感到挺为难的。

我和她认识三年，去年刚结的婚。谈恋爱的时候也没觉得她和其他女人有什么不一样，直到新婚之夜她从衣柜里掏出一套超人的衣服来，着实把我给吓了一跳。

我当时还以为她是要跟我玩制服诱惑呢，于是坐在床边很不好意思地跟她说："这个……不太合适吧，你看今天是第一天晚上，我觉得我们还是中规中矩地来比较好……"

话虽如此，可我已经兴奋得都快把庆单给抓破了。

她利索地把衣服换上，然后转过头白了我一眼道："你想太多了。其实我一直没有告诉你，我是个超人，我每天晚上都得出去工作。我现在得出门了，老公你先睡吧，我一会儿就回来。"

然后她就打开窗户，"嗖"的一声飞出去了，留下我站在窗口愣愣地看着她消失在夜色里，心里默默想这实在是太糟糕了。

她回来的时候已经是凌晨三四点了，我当时抱着枕头睡得正香。她爬上床的时候把我给惊醒了，我像通了电似的猛地坐了起来，跟她说我觉得我们需要谈谈。

"我说……你什么时候变成超人了？"我很奇怪地问她道。

"一直都是啊。"

"那你怎么没告诉我啊？"

"你结婚之前不也没告诉我你喜欢制服诱惑吗？"

然后我就尴尬地沉默了。

"其实这工作挺轻松的啦，就是每天晚上飞出去修理修理坏人，除暴安良什么的。"她躺下来伸了个懒腰道。

"就这还轻松啊，而且这不是警察的工作吗？"

"城市里的犯罪总是比警察要多啊。"

看她一脸的倦意，我也就不忍心再追问她了。我坐在床上默默地想，超人就超人吧，她反正一直都是个正义感很强的人，如果她真喜欢这工作，我也就随她去了，不过这每天飞来飞去的也太吓人了吧，别哪天撞到哪栋楼上就悲剧了。

总而言之呢，我从今往后就有了一个超人老婆。白天我出去上班，她就在家里像个正经老婆似的做做家务、看看电视、逛逛淘宝，晚上我下班回来和她一起吃个饭、聊聊天，一到睡觉时间她就换上她的超人服，从窗口飞出去，直到凌晨三四点才回来。

有一天晚上，她飞走之前我很好奇地问她："话说你的超能力都来自于这身衣服对吧？"

"是啊，穿上这身衣服不仅能飞，而且让人力大无穷。"

"那你白天借我穿穿呗，这样我上班就不用担心堵车了，还能睡得晚一点儿再起来。"

她笑道："你穿不下的啦，这衣服是为我量身定制的。"

"噢哟，难怪穿起来这么性感。"我笑眯眯地捏了一下她的屁股。

她红着脸推了我一下，没想到直接就把我给糊在卧室的墙上了。当时我就眼前一黑，像块煎饼似的瘫在地上，之后为此请假在家躺了三天都下不了床。

其实我是挺支持老婆的这个工作的，毕竟惩奸除恶、帮助他人是一件非常有意义的工作。而老婆有时候也会跟我说她的光辉事迹，比如如何一拳打飞色狼，两脚踹飞抢包的劫匪，拎着喝酒闹事的小混混的脖子飞到三楼把他吓得尿裤子，等等。

记得有天她飞回来的时候，竟然一身都是血，着实把我给吓了一跳。

"老婆你怎么受伤了？"我见状连忙上前关切地问道。

"没呢，这不是我的血。"她摆了摆手轻描淡写地说道。

"那这是……"我瞪大了眼睛。

"嗨，甭提了，真是倒霉，我就扇了那个偷车贼一耳光，没想到他鼻血跟喷泉似的喷了三尺多高，溅了我一身都是。"

"天呐，你下手也太重了一点儿。"

"我感觉没用多大力啊，就打蚊子似的那么呼了一下。"

我不禁冒着冷汗，心想：这要是用点力，岂不是把人家脑袋都给扇没了？

"那后来呢？"我问她道。

"怕他失血过多，只好把他拎到医院去了，结果他竟然还感激得痛哭流涕的，说从今以后一定改过自新，还要给我送一面锦旗，上面写个'人民卫士'。"

听到这里我顿时有些哭笑不得。

"说真的，要不是看他鼻孔里塞着棉花，我还得给他两下。"老婆撇了撇嘴，愤愤地说道。

"为啥啊，人家不都已经认错了吗？"

"你没看他弄脏我衣服了吗。"

所以女人有时候还真是不好招惹的。

因为老婆的职业关系，我对她还是多多少少会有点儿忌惮，不过好在她从来不会把工作上的情绪带到生活里。她对此的解释是，解决人民内部矛盾，就用不着使用暴力了，因此跟我吵架的时候，她也顶多也就是拿着扫把追着我满客厅打。虽然偶尔会受点皮肉之苦，但是总比她穿上超人服跟我算账要强吧。那么轻轻一推我就得躺三天，真要是狠下心给我结结实实来两下子，我估计自己下半辈子就可以像霍金先生那样在轮椅上歪着脑袋研究研究黑洞了。

不过我偶尔还是会觉得很失落，尤其是每天晚上睡觉时看着身旁空落落的枕头时，这种感觉都尤为强烈。

有一天我问老婆道："话说你要当超人当到什么时候啊，真的要干到五十五岁吗？"

她说："不知道呢，怎么啦，不希望你老婆是个超人呀？"

"没呢，只是担心你安全嘛，每天晚上都提心吊胆的呢。"

"放心啦，只要你别在我飞在空中的时候给我打电话就行，上次差点儿就撞上电线杆了。"

"我其实挺希望你有份正常点的工作，朝九晚五的那种。"

"哪有那么好找，现在就业多难呐。"

"那即使不工作，就当个家庭主妇也好。"

"为什么呀？不工作哪来的钱嘛。"

"我可以养你啊。

"你何必把自己搞得这么累嘛。

"我只是单纯地想每天晚上抱着你睡觉而已。"

然后她就看着我，很久都没有说话，眼角有什么东西在闪闪发亮。

两个月后我又找了份兼职，而老婆也把她的超人服收在了床底，安安心心地当起了家庭主妇。后来的日子过得虽然平淡无奇,却很幸福。我时常会开玩笑地对她说："你会不会哪天又会心血来潮地把超人服拿出来，飞出去逛几圈揍两个人过过瘾呢？"

她说："当然不会啦，挺着个大肚飞来飞去多不方便，而且那件衣服也塞不下了。"

我问她道："那你以后会告诉我们的孩子你曾经是个超人吗。"

她笑道："我早就已经不是超人了，我老公才是超人。"

# 我 想 你 是 海

倪一宁

"他们偶尔回看，只有汹涌的大海，哪里还能找到那个岛屿——它那么小，跟这片大陆比起来，它不值一提。可是，可是啊，他们真的想过，在那个不为人知的小岛上，生儿育女，过完一生的。"

我一般是这么介绍余岚的："这是我朋友小陈的前女友。"于是别人的目光很兴味地在我们俩之间瞟来瞟去，企图从我们紧扣的十指里找出暗自较劲的蛛丝马迹。

要是再八卦点问："你跟小陈怎么认识的呀"？我就泰然自若地答："小陈追过我的室友，岳美艳。"

一开始我当然不叫小陈为"小陈"，跟大多数人一样，我很狗腿地叫他大神。他在我状态里回一个表情，我都恨不得截个屏。不幸的是，他在选修课上和岳美艳划到了一个组，而岳美艳，是一个除了复制、粘贴百度知道的答案外，别无所长的文盲。更不幸的是，他迷上了这个文盲。

那天我刚下楼，就看到他在用人格向宿管阿姨担保，他真的只是来帮女同学修电脑的。可惜阿姨只认校园卡，不认人格，于是我顺势上前，押上了我的校园卡："他是我朋友，阿姨我电脑进水了。"

小陈同学——那时起我就暗暗确定了他的称谓，一脸感激地看着我，我拍拍他的肩："抓紧上楼，岳美艳是群发短信的，已经有两个人在帮忙修了。"

小陈毕竟是小陈，他拆开键盘——掉出一堆饼干屑、巧克力粉末、芒果干碎片，拔掉电池，借了螺丝刀旋开主板，吹干然后重新组装了一遍。在这个烦琐的过程中，他还不忘赞美女神的电脑——虽然受了伤，还是很坚强。

于是他们就渐渐熟了，我也狐假虎威的，开始叫他"小陈"。我其实不清楚他到底几岁——又不是男朋友，还要问清生辰八字，我只是觉得，他唉声叹气跟我讨论岳美艳到底爱吃什么水果的样子，特别"小陈"。

我知道你想问什么，你想说小陈既然牛哄哄，我们俩也有了交集，我为什么不下手呢？你要是和小陈相处过，你就会知道，他是那种你乐意把他带到闺密聚会上，却也不介意闺密留他号码的男生。换而言之，他更像过年时用来招财的橘子树，而不是摆在窗台上的盆景。所以还是做朋友吧——别说什么异性友谊错综复杂，搞得好像你们同性友谊很单纯一样。

要怎么体现小陈的情商呢？某天他问我，为什么岳美艳跟他说，她有个朋友破坏过别人感情，问他怎么看。他顺着她的话头，激烈抨击了一下这种行为，之后岳美艳就闷不作声了。

我说："你蠢死了，岳美艳这种级别的美女，怎么可能有朋友，'我朋友'在这里，就是'我'的代称啊！

他连声称"哦"，然后目光在我脸上逡巡了一圈说："我觉得你朋友还挺多的。"

又过了两天，小陈又来问我，为什么岳美艳这次跟她说，她有个朋友到处抹黑前男友，他吸取教训，宽宏地说或许有她的苦衷，结果岳美艳冷冷地"嗯"了一声，就不再回话了。

我说："哎呀我上次话只说了一半——当女生想要来自异性的义愤填膺，却又不想显得小气时，也会把敌人称之为'朋友'的。"

小陈很哀怨地望了我一眼，问："那怎么辨别这两者间的不同呢？"

我想了想，回答他："靠天分。"

小陈明显没有这个天分，当岳美艳恋爱的消息传来时，他只能落拓地请我们吃一顿又一顿的饭。菜好的时候，我们忙着动筷子，谁也没心思安慰他；菜不好的时候，我们就更懒得理他了。

吃了两个礼拜，他就带来了一个女生，他介绍说，这是他女朋友，余岚。

我们面面相觑了一会儿，都很识趣地没有追问前情提要，就像看一档不走心的电视剧，随便哪一集开始都可以，不必纠缠于红衣美人是怎么入的宫，又是怎么失的宠。我们欠起身做了个短促的自我介绍，就继续我们的话题，"闵大荒"的八卦太纷纭了，哪一个都比眼前女生苍白的脸色来得精彩。

惨就惨在，我那天坐在服务生上菜的位置，旁边空了一块，顺理成章地，余岚就搬了椅子，来我身边坐下，还贴心地问一句："你不会挤着吧？"

摆了摆手说完"不"后，我还没来得及掉头，她就迅速找着了新话题："蓁蓁你是话剧社的吧？我特别喜欢看话剧，你们那场《恋爱的犀牛》，每次演我都看的。"

我艰难的"谢谢"很快就淹没在她热忱的提问里："你最喜欢哪一部啊？"

在我搜肠刮肚找够镇得住场子的话剧名称时，小陈替我救了场子："她不看话剧的，她只看《画皮》。"

在整桌人的哄笑声里，她不安地搓了搓自己的耳朵，这个自然而然的老套动作，让我突然注意到，其实余岚长得很秀气——是那种好学生的好看法，像一碗没有加鸡精的汤，尝几口你就发现，淡是淡了点，鲜是鲜的。

那晚余岚一直黏着我，看得出来她一心致力于讨好我，简直有点儿旧式女子讨好小姑的意味了，然而她越想要钻入我们这个圈子，我们就越是齐心合力地，把她往外挤。一则我们喜好太不相同，我爱啃鸡爪她爱喝茶，我爱看八卦杂志她热爱《三联生活周刊》、话剧、旅行、电影……怎么她喜欢的东西跟我三十年后预备给记者的笼统答案是一样的？等到她建议我们周末一道去爬山时，我低头盯了一会儿自己脚上的红色高跟鞋，简直恨不得换个位置了。二则，从小陈不咸不淡的口气里，我们自行咂摸出了这段感情的浓度，而人一贯是这样子的，只会拥挤着去追捧当红的，不愿施舍一点儿好意给落单的那个。

但他们毕竟稳稳当当地在一起了。年底时，大概受雾霾天影响，小陈没完没了地咳嗽，余岚就给他每晚送粥做夜宵，据说清粥小菜很精致，是能够po图到朋友圈的精致法。但我没刷到这条朋友圈，却等来了小陈哀鸿遍野的电话："你能不能劝劝她，别再熬那个粥了？""……？"

"昨天银耳莲子红枣粥，今天红豆薏仁牛奶粥，这到底是生津止渴还是美容养颜啊？我一个男的，吃这个像话吗！"

我笑得手机都拿不稳，连规劝都自带颤音："这就是人家一片心意嘛，想想她要熬多久，你就不会抱怨啦。"

小陈接得爽快："对，一想到她要熬那么久，我就觉得不吃放在那儿，特别内疚。"然后赶在我发出赞同的叹息声前，他补了一句，"所以我倒掉了。"

我知道我应该找出别的话来填满这硌人的空缺，但我做不到，或者我应付性地笑一下也行，但我也做不到，我只能胡乱地收拾桌面，企图发出一点儿象征忙碌的声音。

搁下手机我就撞见刚约会完的岳美艳，我说："你还记得小陈吗，谈女朋友了。"

她潇洒地把高跟鞋往地上一扔，麻溜地顺着梯子钻到被窝儿里，然后才想起用手肘撑着身子问我："是那个帮我修电脑的吗？"

我说对，她追问道："有什么好玩儿的八卦吗？"

我摇了摇头说没，就是随口一提："还有岳美艳，你以后鞋子能不能规矩点放鞋架上？别乱扔。"

她在床上跟我撒娇："知道啦，今天超冷的嘛。"

我替她把鞋子放回原处，蹲在地上的时候我想，一个人扔扔摞摞，另一个人视若珍宝，这不叫缘分，这叫恋爱中的食物链。

我记得很清楚，我是跟他们俩一道跨年的。

31号晚上，我们一道去老西门吃宁波菜。上茶的时候，余岚从包里拿出一个银色外壳的保温杯——我总觉得随身携带保温杯的人都有活到一百岁的决心。她把杯子递给小陈说，这是我出门前泡的，里面是切碎了的罗汉果，还有胖大海，你喝喝看。

小陈没有伸手去接，也没有接话。

我偷摸着跺了跺脚，给自己鼓劲，然后探过身去，拿起了那个保温杯："我渴死了，我妈死活不让我喝外面的杯子，我喝几口，你别介意啊。"

不管不顾地猛灌几口后，我心满意足地看着杯沿上的鲜明唇印，露出偶像剧里女二号才有的欠扁的歉疚表情："不好意思啊，要不，我待会儿去洗一下？"

平时涵养好得不得了的余岚，仍然对我维持着礼貌的笑意，哪怕这笑意在一点点皲裂。但是不要紧，我宁愿她把这笔账算我头上，宁愿她接过去时硬邦邦地说"没关系"，宁愿她相信，这个夜晚本该花好月圆，而我纯属多余。

我们拥堵在外滩跟着曹可凡一起倒计时，零点钟声敲响的时候，周围的情侣忙着接吻拥抱。而我们三个，彼此都隔了一臂宽，在狂欢的人群里，制造出了一圈疏离的气氛。

结束后好不容易,在华山路上拦到了一辆的士，余岚说她容易晕车，小陈很自觉地替她把车的前门拉开："你坐这儿吧，难受了告诉我。"

不过坐哪儿也都一样，反正三个人，谁也没有开口的兴致，也缺了计较的力气。从北门绕进学校后，师傅问往哪儿开。小陈想了想，指点师傅说："您先去西区方便，您把我们俩扔那儿，然后送她到东区吧。"

在我出神的工夫，小陈用手肘撞了撞我肩膀："我们把钱给她，你就拿一百吧，剩下的零钱我付。"

下车时我几乎是落荒而逃，可是没成功，小陈用合谋了什么大事件的兴奋语气对我说："叶蓁蓁，今天真是多谢你了。替我们订餐厅，还一块儿去。要没有你，我都想不出怎么跨年，也不知道怎么跟她独处。"

我眼皮昏沉得很，只能够潦草地点头，连说"不谢"都嫌困倦。

大概因为这个插曲，所以他们的分开，对我来说一点儿都不难消化。粥一碗碗地倒，倒到最后，会让人彻底地倒了胃口。而岳美艳恢复单身，也算是一根导火索。总之，量变积累到一定程度，又有外界提供了孵化的优质条件，就成全了这一桩质的飞跃。

分开那晚小陈也惆怅地请我们吃饭，在我夹菜的间隙里，他跟我说："我也知道对不起她。可是怎么说呢，就像冬天在图书馆门口看到流浪猫，不忍是真不忍，可要把它捡了回去，就不知道怎么安置它了。叶蓁蓁，一时的恻然，反而会增添很多不必要的伤感。"

总说爱情真伟大，其实不爱的力量也不容小觑。你看，对一个女人顽固的源源不断的抗拒，都逼得一个把《红楼梦》称作课外书的男人说出这种张小娴式的金句了。

相较之下，余岚就显得那么不洒脱。

在我们宿舍楼下，她执拗地问我："岳美艳真的那么好看吗？"

我哑口无言，其实岳美艳五官不算上乘，只是有些女人，生来就自带名山大川的气场，让过往豪杰想要驻足，挥笔留下"到此一游"的墨迹。而大多数人，却是黄四娘家门口种满野草闲花的小道——只能拿来招待身经离乱的杜甫们。

但说这些有什么用呢？我只能揽过她骨架单薄的肩，说："你别多想了。"

她靠在我手臂上，悄声问我："他们说不被爱的那个，才是第三者。你说，我是不是真的做错了？"

面对这种微博上只关注晚安早安六六陆琪的姑娘，我是真的没辙了，我低头问她："你又是要当小三又要做圣母，筹拍宝莲灯啊？"

她迅速汪起一圈眼泪，瘪着嘴努力不哭出来，却让整张脸显得更狼藉。人跟人是有能力差异的，楼上的岳美艳，自从分手后就敷着面膜背单词，倒挂着腿找论文。她比她狠，她已经在跃跃欲试打下一场翻身仗；她却仍然哭哭啼啼，不愿假装心上人战死在沙场。

但说到底，我们都是普通人，都是哭哭啼啼、死不撒手的那种人，是没用的人。

这反高潮的故事，却有个称得上"畅快"的结尾。我再遇见余岚时，她两颊丰满了些，笑得很从容——当然要从容，她主导的课题拿了金奖，她微微鞠躬，在跟一群穿着深色西装的人握手道谢。

在我还吃不准要不要打招呼时，她已经准确地、惊喜地喊出了我的名字。我也只能使劲从脑海里，搜刮那些漂亮的又不那么假的恭维话。她研究生申请了个很好的学校，还拿了全奖，毕业季的交大，最不缺的就是对这种"大神"的制造和追捧。

我们交换了下彼此的近况，说些不痛不痒的现在。其实脑子里转悠的，全是过往的鸡零狗碎，银色的保温杯、外滩的钟、出租车的前座，还有她哀哀地问我，还有可能吗。

我使劲摇晃了下脑子，开始夸她浅黄色的裙子好看，衬气色，还显嫩。她顺势接话说："已经老到要追求显嫩了呀？"

我们都笑了。两年时间，足够让一个提议全桌人去爬山的女孩儿学会了自嘲。当然，是要被生活嘲弄多少次，才掌握这门绝技，我不必知道。

路过的学弟学妹们都小幅度地用手指戳戳她，有女生凑到男朋友耳边，不知在嘀咕什么。余岚笑盈盈地看向我，把裙摆放正："真快呀，你说两年前，我怎么可能想到这个场景？"

我也只能像收拾桌面，收拾我一点儿也不乱的短裤。

"叶蓁蓁，你别急着给我灌鸡汤。我知道你会说什么，你肯定要讲，每一段遭遇都是有意义的，上帝给出的，已经是最好的安排。这些我都明白。"

她像拦路抢劫的匪徒一样，截掉了我酝酿已久的安慰，所以她的脸上，隐约闪现着，干了坏事后的快意光芒："就像一批岛上的居民，因为小岛快沉了，必须永远地离开这个世代居住的小岛。他们走了好远的路，吃了很多苦头，最终抵达了一片丰饶的新的大陆。他们立碑石，他们写传记，他们都被赞美成勇敢、智慧、坚强。

"他们偶尔回看，只有汹涌的大海，哪里还能找到那个岛屿——它那么小，跟这片大陆比起来，它不值一提。可是，可是啊，他们真的想过，在那个不为人知的小岛上，生儿育女，过完一生的。"

她紧紧地攥着我的手："我也真的那么想过。"

有很多话想要涌出来，也有很多眼泪想争先共鸣，可是灯光太亮，周围人太多，我只能勾过她的脖子，用亲昵的，带着几分无赖相的口吻，拍了拍她的肩："小余啊。"

# 人 无 再 少 年

姬霄

在此之前，多少个长夜你辗转反侧，相思如山倒。多少个瞬间你爱憎交织，痛斩情人肠，你以为失恋那天的痛彻心扉令你永生不忘，却永远都想不到，当看着她戴上别人的戒指时，自己竟会如此的淡定。

1

"我以为那天我不会流泪，只是风很大，吹的眼睛也睁不开了。我站在学校后门的石桥边上，难过得想一死了之，但徘徊了一整个下午，到底也没能鼓起勇气。直到日暮西沉，风也不知何时停了下来。我忽然想起该吃晚饭了，于是，我终于找准方向，向学校的食堂走去……"

在前往云城的大巴上，你声情并茂地向粥粥描述自己第一次失恋那天的场景。还没讲完，粥粥就扑哧一声笑了："你的心理活动也太跌宕起伏了，可以拿去拍情景喜剧了。"

你辩解道，可这都是事实啊，你的记忆甚至可以具体到你和子青分手的那一秒钟。听到你这么说，粥粥不说话了，只是带着诡异的笑容望向你，像是问都过去多久啦，你怎么还记得这茬事呀。

你还想解释，但前排座位上忽然有人晕车，吐了一地，臭味在狭窄的车厢里弥漫开来。粥粥紧跟着骂了一句，像乌龟似的把脑袋缩进了衣领里。于是你只好将剩下的半截话压在舌底，眯着眼向车窗外望去。

说起你和子青，就不得不说你们共同经历的中学时代。那是一个从头到脚都散发荷尔蒙气息的年龄。你们年轻而愚蠢，没人思考一段感情是否合适，有无未来，恋爱的唯一条件就是彼此喜欢。那时的你情窦初开，她年少爱笑，两个人成为情侣可以说顺理成章。

然而少年的恋爱不仅拥有灿烂的美好，还充满了矫情和自我。

时过境迁，当你重新审视这份恋爱棋局中的关系。如果当时子青的同桌不是你，如果子青那天回家时你没有邀请她坐上你的自行车后座，如果子青因为小考失利躲在楼顶哭泣时，没有撞上偷偷跑去抽烟的你。那么你和子青还会在一起吗？

你没有敢继续往下想，虽然与朋友在K歌房欢唱时也会缠绵悱恻地唱"冥冥中遇上她，倦极也不痛"，但时光已经让你清楚地明白，青春的爱恋之所以近乎完美，是因为那其中包含了太多一厢情愿的幻想。

2

　　紧随着每三秒一次颠簸的节奏，你和粥粥终于抵达了此行的目的地云水煜园。这是云城最豪华的庄园式饭店，许多云城人都以能在这里宴请宾客为荣。你知道，几个小时后，子青的婚礼也将在这里举行。你、粥粥，还有许多高中同学都会应邀到场。

　　回想起收到请柬的那一刻，你的心情不知是兴奋还是感慨。也难怪，自从高中毕业后，你就再也没有子青的任何消息，仿佛后半生都将与她无关，此时突然得知她并没有将你忘记，怎会不激动？而那却是一封她与别人婚礼的请柬，看着曾经相爱的人挽起旁人的臂弯，曾经的主角变成了观众，这样的反差又怎会不令你感慨呢？

　　迈出车门，你的第一个动作是抬头望了望久违的天空。这座你曾经度过高中三年的城市，每一个路口都有种熟悉而亲切的感觉，从你的脚底一直弥漫到身体里的每一个细胞。

　　你下意识地左右张望，以为还能像从前一样，轻易地从路人中拎出一两个熟悉的面孔。但显然不能，你失望地掏出手机打给老陆，报上位置静候。

　　等了许久，老陆的身影才从一条巷口出现。曾经宿舍里的死党见到你，像土匪似的将你扛起来，然后狠狠地摔在地上。你闷哼一声，随即笑逐颜开。多年未见的老同学已经显出成熟男人的体魄，只有留在脸颊上的胡楂儿和痘印来证明逝去的青春。

久别重逢，这让你想起一些富含诗意的语句。比如莎士比亚那句：迁延蹉跎，来日无多，二十丽姝，请来吻我，衰草枯杨，青春易过。又比如李宗盛《风柜来的人》唱的：青春正是长长的风，来自无垠，去向无踪。

"大作家，别犯你那职业病啦。"一同前来的胖岛粗声粗气地打断你的意淫。

他浑身散发着洗浴中心的味道，老远就闻得到。细看之下，他的裤腰系得老高，敞开的衬衫领子里还露出一条粗粗的金项链。感觉比实际年龄成熟很多，那个当年被全班女生评为最具亲和力的少女之友胖岛，在他身上已经荡然无存。

毕业后胖岛没读大学，早早继承了父亲开的澡堂。四年里将澡堂翻修成了桑拿城，规模扩大了好几倍，而胖岛的腰围也随着资产的增长翻了好几番。

这边，你努力回想着读书时胖岛的模样，没等回过神，肩膀上又挨了一拳，这次行凶的是老陆。

"来啦，好久不见了。"他笑着说，露出一口整齐的白牙。来不及反应，他已将你结结实实地拥抱在他的怀中。你有些许不适，但并未挣扎。是的，整日混迹在彬彬有礼、保持距离的繁华都会中，你差点儿忘了原来拥抱的感觉是这样的。

3

"走吧，铁头他们早就进去了。"胖岛说，他是子青婚礼的官方联络员。想来也只有这少女之友，才能在过去这么多年后，还和班上所有同学保持着联系。

你们沿着那条幽暗小巷向婚礼现场行进。老陆走在最前，粥粥其次，然而两个人却刻意保持着不远不近的距离。

望着两人背影，你想起读书时他俩曾是一对。老陆先追的粥粥，那时候每晚他都会去帮粥粥提暖水瓶，持续了整整一个学期。你们都以为是老陆的锲而不舍融化了女神心，粥粥却告诉你，有一天放学，她看到老陆独自留在教室里画黑板报，一个个铿锵有力的粉笔字从他指尖浮现。那个瞬间，这个专注而认真的男生一下子让她怦然心动。

毕业后，他们考去了不同的城市。起初两年还将这场异地恋谈得有滋有味，再后来就突然分手了。听说老陆有了新的女友，但老陆却说，是粥粥先和学长谈起了恋爱。孰是孰非，就像他们在一起的时刻那样难以分辨。

不是你我太造作，只怪时光一不小心排错了位。

你望着他们一前一后，不紧不慢的步伐，回想起他俩"事发"的那晚。老陆在你们的严刑逼供下，被迫穿着一条裤头站在阳台上汇报约会的进展，亲到了嘴，摸到了胸，虽然被冻得浑身哆嗦，但只要一提及粥粥的名字，他的脸上就会洋溢出白痴般僵硬的傻笑。此时此地，那样的傻笑，那样的少年，已成了青春恋情中独有的容颜。

你一边走一边回想，那些过去的熟悉的场景如同幻灯片，陆续在眼前闪现，令你心潮迭涌，脚步也渐渐慢下来。下一秒，终于将你定在了原地。你目不转睛地望着路旁的电话亭，那些年的记忆扑面而来。

时至今日，学子们早已跨入手机时代，这样的电话亭早已废弃。而在你们的时代里，这是唯一的通信工具。就在这里，你一次次拨打着寻呼台，报上子青的传呼机号，任它酷暑严寒，默默等待她的来电。每次刚一挂机，子青的电话就会接踵而至。

你们的话题稚嫩可笑，从同学的八卦趣闻到对老师的抱怨咒骂，有时甚至会正经八百地谈起中国加入世贸组织后的宏伟远景，但更多的时候，你只是单纯地想听到她轻轻柔柔的声音，再对她说一声晚安，就足以度过那一个个漫长无聊的夜晚。

想到这里，你笑了，笑那时的单纯青涩、矫情做作。然而，这样的笑容在下一个瞬间里又变得苦涩起来。

你想起与子青分手的那天夜晚，依然是这里，你不厌其烦地拨打那个号码，却再也没有回应。寒风中，你双手颤抖地握着话筒，对着寻呼台的通信员泣不成声，被对方骂作神经病直接挂掉电话。

你想起那晚有学生在江边放焰火表白，声嘶力竭喊着"我爱你"，伴随着天空中烟花的巨响令半条街的汽车都发出了警报声，而你的耳朵却只听得到话筒中传来的嘟嘟嘟的忙音。

你杵在那儿，仿佛将那天的记忆从内到外再度经历了一遍，这漫长的过程足以令与你并肩而行的胖岛觉察到异样，他扭头看着你问："发什么呆？"你却重新迈开脚步。你明白，人终将拥有一些永远无法与人分享的记忆，就像青春落幕时的所有悲伤哭泣和矫揉造作，再也不会有第二个人知晓了。

4

转眼间，婚礼现场已近在眼前。铁头和双核坐在一张空桌前，在宾客席中尤其显眼，当年 512 宿舍的舍友再度重聚，只剩嘉泽宁一人身在国外无法赶回来。

"也等太久了，你们是在龟爬吗？"铁头还是老样子，出口即伤人，难怪到现在都还没交到女朋友。双核站在他身后没说话，远远地冲你笑了笑。

看到双核，你愣了一秒，下个瞬间你条件反射般地想转身逃跑，躲开这个尴尬的见面。毕业后你们就再也没联系过了，这并非离远日疏，而是你始终无法面对他，这个高中时你最亲密的兄弟，同时也是最棘手的情敌。

说起来，子青和你在一起之前，一直是双核在追她。他们从小在一个家属院长大，他一直喜欢子青，搬进新生宿舍的第一天，他站在楼道里对所有男生大声宣布，高中三年一定要追到子青，那副踌躇满志的模样深深刻在你的脑海里。

双核外表阳光帅气，嘴里有说不完的甜言蜜语，生来就讨女生们喜欢。不仅如此，他的成绩也在班上出类拔萃，在他的脑袋里就像装了两个大脑，课堂内外的知识随便怎么考他，他都能信手拈来。

跟子青表白时，他召唤宿舍所有人拿出自己的复读机，随后缓缓朗诵了一封自己写的情书。每念完一个段落，就用手势指挥：1号机启动班纳瑞的钢琴曲充当背景音，2号机切一首《彩虹》渐进，3号机调好下一首《最美》等候……最后，一封制作精良的立体声感式情书就这样在简陋的宿舍里完成。

然而不知为何，这份感天动地的心意依然没有打动子青。在所有女生羡慕的眼神中，子青却对他敬而远之，反而与身为同桌的你越走越近。

那段时间你进退两难，宿舍中原本和睦的气氛忽然变得冷冰冰的。也难怪，毕竟在双核和其他人心中，是你抢走了兄弟的梦中情人，这种行为在一腔正义的少年时期显得尤为可耻。但与此同时，第一次尝到爱情滋味的你却无论如何也舍弃不掉对子青的感情。

双核再也没跟你说过话。直到高三那年，你和子青发生了一次史无前例的争吵，子青躲在宿舍里不肯见你。你无奈打电话到她宿舍，却发现一直占线到凌晨。第二天，你问了子青的室友才知道，那晚打电话的人是子青，而电话那一头的是双核。

他竟然在你和子青感情最脆弱的时候下手。你气得热血沸腾，疯了似的冲进宿舍，一脚踢飞了正在洗衣服的双核，两人拎着暖壶和脸盆狠狠地干了一架。最终双核不是你的对手，你看着他倒在阳台上，再无反抗之力，慢慢地，有鲜血从他的额头流了下来。你顿时慌了神儿，大声疾呼宿舍其他人将双核送去了医院。等候的间隙你才发现，自己的手背也被碎裂的暖水瓶割开一条两指宽的伤口，但这时候，已经没有人在意你了。

那场架你胜利了，可你与子青的感情却在那场架之后彻底瓦解。子青告诉你，那晚在电话中，双核一直在帮你说话，劝她原谅你。但没想到你竟然如此狭隘和卑鄙。她看也不看你的伤口，决然地转身离去。

"傻愣着想什么呢？"胖岛碰了碰你的肩膀，你终于回过神来。

"一定是因为子青结婚，受不了打击呗。"铁头嬉皮笑脸地说。

"怎么可能？读书时的恋爱只是玩玩而已。"你慌忙反驳道，说完你脸颊一热，心虚地瞄了眼双核，却惊讶地发现了他手上的烟。盯着那明灭的烟头，你想起他曾经豪情万丈地吹嘘：为了未来的老婆，会做一个永不吸烟的好男人。

时间悄无声息地将每一个人的过去掩埋。

"高中三年，我一定要追到子青！"你兀自回想着那个青春洋溢的双核，他却掏出皮夹，向你们展示他未婚妻子的照片。那女孩儿笑容温婉，风姿绰然，与子青截然不同。

"真有你的！"大家纷纷赞叹，你什么也没说，却趁无人注意的时候，在他耳边轻声说了句："对不起。"

此时的婚礼现场已是人声鼎沸，伴随着礼乐的奏响，子青终于出现在你们眼前。她身着白纱，不疾不徐，如同女神般向在座宾客微微颔首。待她走到红毯中央，刹那间，彩炮齐响，金花飞扬。那一头，新郎款款来迎，飒然如风。

来不及感慨，老陆已经悄悄把手摁在你的肩头。

"会过去的。"他说。

"别逗了，我已经不是少年。"你挣开他的手，静静地望着子青将手放在新郎的臂弯，心中波澜不惊。

在此之前，多少个长夜你辗转反侧，相思如山倒。多少个瞬间你爱憎交织，痛斩情人肠，你以为失恋那天的痛彻心扉令你永生不忘，却永远都想不到，当看着她戴上别人的戒指时，自己竟会如此的淡定。

酒过三巡，你意料之中地醉了，老陆摁着你问："当初你说自己酒精过敏是真是假？"你笑着摇头，将酒杯斟满转向下一个目标。

那一天，你抽风似的推杯换盏，却终究抵挡不住酒精的淫威。你根本不知道战场是怎么转移到 KTV 的，人影绰绰，不分东西，将昏未昏之际，你听见铁头唱道：

"让我与你握别，再轻轻抽出我的手，是那样万般无奈的凝视，渡口旁找不到一朵相送的花。"

伴随着这样的歌声，你的思绪仿佛飞回到了时过境迁前的城市。你和老陆凑钱到校门口吃一盘麻婆豆腐，回到宿舍，胖岛一丝不挂在阳台上洗冷水澡，铁头还在跟双核探讨他那遥遥无期的女友，嘉泽宁看见你，推了推眼镜说："子青刚才来找过你。"

# 少 女 的 祈 祷

郑执

"其实到现在我也不知道爱情是什么，对婚姻也还是一样恐惧。我想，也许我们往后生活会跟别人一样终难逃落俗，会为鸡毛蒜皮的琐事争吵，会为日趋平淡而懊恼，会不堪重负，甚至会后悔万分，但是这些都是爱情跟婚姻必须要付出的代价。世上没有任何一种幸福的背后是毫无怨言的，但我们还是选择去爱，去结婚，因为我们都怕孤独终老。如果这些就是爱的代价，而我必须选择跟一个人一起来承受，那我宁愿那个人是你。"


1


芍药自幼是基督徒。听芍药讲，妈妈是恢复高考后首批大学生，后追随芍药爸赴欧洲留学。芍药妈在德国生活时加入基督教，归国后不忘虔心奉主，小芍药出世就被抱去教堂受洗。

我认识芍药是在高三校外的数学补课班。彼时我正三十年如一日地专注刷新我校数学成绩新低。班主任在高三前的暑假以死相逼，才央求我妈把我赶进跟电线杆子上治性病的小广告一样号称"一针见效"的校外补课班。

那个夏天热得毕生难忘。

老小区里不足四十平方米的民房，塞了近三十个头。头顶风扇吱呀地转，卷起的都是热风，混夹男生刚打完球的臭汗。我恨不能脱下裤衩子浸了冰水罩脑袋上。同桌的芍药却正襟危坐，格子短衫的第一颗扣子系得严严实实，领子外挂着一串细幼的吊坠，是银色的十字架。

我问芍药："你信教？"

芍药微笑："我信主。"

我热成一摊泥："主啊，你能下场冰棍儿雨砸死我吗！太他妈热了！阿门！"

芍药微笑："少一些抱怨，心静自然凉。"

芍药身为虔诚的信徒，最令我欣赏的是从未以任何激进方式向我传教，但她从不忘于身体力行中布道：我吃盒饭时把青菜都丢掉，芍药批评浪费可耻，世界上还有很多食不果腹的饥民，主是不会原谅你的；我上课不听讲瞎胡闹，芍药劝我要珍惜父母的血汗钱和自己的青春，世界上还有很多上不起学无家可归的孩子，主是不会原谅你的。

我一万个不服："学校里那么多丑 × 都有女朋友了，主怎么不怜悯一下我呢？！我是不会原谅你家主的！阿勒个门！"

芍药："别闹。对的人到来那天，主会让你见到光。"

2

芍药的那道光，在一个烈日当空的午后从天而降。

那天周末，刘三疯找我去打球，约好在补课班门口等。

芍药第一眼见到刘三疯的反应是，怔在了原地。

主一定忘了教芍药不可以貌取人，尤其是男人。

刘三疯一米八二，眼大腿长下唇薄，笑起来一边嘴角上撇，酷似七五折版吴彦祖，但我管那叫单侧面瘫。刘三疯酷爱装 ×，球打得半瓶子晃荡，仗着帅又姓刘，唤自己刘川疯，被我审改为刘三疯后广为流传，要相信青春期男生们对爱装 × 的帅哥永远是同仇敌忾的。

刘三疯说："老天果然是公平的，赐予我一个深沉的灵魂，却搭配了一张肤浅的脸。"

我说："刘三疯，去你二舅！"

刘三疯每日定时发疯三次，晨起吼诗，午休洗脚，熄灯高歌，闹得同寝日夜鸡犬不宁。他说自己的理想是做一个浪子，仗剑天涯无牵挂。这在十八岁的年纪听来，妥妥的疯 ×。

但十八岁喜欢一个人，看脸就够了。

追求刘三疯的女孩子从保送清华的高三学姐到开串儿店的社会太妹，连起来可绕校园三圈。刘三疯经常把收到的肉麻情书念给全寝室的人听，读后自己狂笑。"哈哈哈哈，这女的说我就是她的全世界，是她每天起床后想念的第一个人，是她勇敢活下去的唯一动力，你们说她脑子是不是有病？！世界那么大，人生那么长，说这种话害不害臊！臭不要脸的！"

我实在听不下去，骂刘三疯："你少得了便宜卖乖，请给女孩子留起码的尊重！"

刘三疯从信封里抽出一张大头贴，递给我说："请你尊重一下。"

我接过来看，忍住哽咽说："你还是自重吧三疯。"

想不通是何缘由，当年追求刘三疯的女孩子都不太好看，但是当你看过那些不漂亮的女孩子写的情书便会坚信，人是真的不可貌相，岂止露骨，简直露毛，打码啊。

芍药被丢在这样一群追求者里仍算不上出众，唯肤白，性恬静，静如被凡尘遗忘的湖水。芍药从未写过半个字情书，但她热恋刘三疯的方式独辟蹊径，每逢午休搭公交车来我们学校大门外站着，只为远远注目刘三疯在球场上耍彪的身影。我们高中是封闭校园，远在开发区，芍药再搭车回市区就得翘掉下午第一节课，午饭就在车上吃一个面包。我看不下去劝芍药："你要真喜欢刘三疯，就等周末约他出去嘛，老这么跟个花痴似的算几个意思。"

芍药微笑说："我不是花痴，我就是想来看看他。"

这还不叫花痴？！你家主都不信啊！

某天刘三疯抽风似的问我："校门口那女的谁啊，是不是在哪儿见过？"

我赶紧替芍药递简历:"女孩儿叫芍药,那天在补课班门口你见过。爸妈都是留洋知识分子,信主,家教老好了。喜欢你挺久了,想约你出去又不敢,我觉得你该给人家回个动静。"

刘三疯说:"那你问问她家住哪儿。"

我抓狂:"畜生啊!你想干什么!"

刘三疯狂笑:"我好也去她家门口吓唬她啊!太吓人啦!哈哈哈哈……"

3

高三提前开始,芍药再没有来看过刘三疯。刘三疯嘴上虽从未提及,但他每次打球总装作不经意朝校门外瞄的眼神里,我还是看出一种失望。

我跟刘三疯从高二起就不再同班,他学理,我学文。刘三疯准备考托福出国,我自己毫无打算,考过一本线就万事大吉。刘三疯在新班级的寝室继续扰民,终于被同寝举报,只好退宿去校外租房,我们见面和打球的机会日益稀少。

全世界都在忙着与彼此不相干的未来。

某个周六从学校返回家，芍药突然在 MSN 上震我。

芍药："他想报考哪所大学，你知道吗？"

我："谁啊？"

芍药："他。"

我："哦，刘三疯他妈让他考托福去美国找他二舅，走定了。芍药，你想开一点儿，天涯何处无芳草，风吹草低见牛羊。羊入虎口早晚的事，你属虎，你俩属相也不合，但你更不能找属蛇的，蛇虎如刀挫……"

那年星座还远没如今风行。

芍药："他要去美国哪所大学？"

我："毛啊！油盐不进啊你！"

芍药："帮我问问，拜托。"

我无奈短信刘三疯。

刘三疯："谁说我要去美国了？我这种稀缺人才当然要扎根祖国做

贡献。"

我：“那你赶快跟芍药说清楚，人快魔怔了。"

刘三疯："等会儿——谁？"

4

刘三疯把所有人都给骗了，没去美国不假，他去了北京，可芍药一、二、三志愿填的全是上海。

刘三疯是故意的，他就是想甩掉芍药，又怕芍药不死心，谎称自己要考上海。

我的一本志愿落榜，却因机缘巧合要去香港读书。正为凑学费发愁时，刘三疯兴奋地约我去唱 K。原来刘三疯连自己亲妈也给骗了，他根本都没去考过托福。他妈妈最终接受了现实，同时发誓跟不孝子决裂，把准备给刘三疯出国用的学杂费一气儿丢给他，叹气说："你滚吧。"

当晚刘三疯竟然还敢叫芍药来，换我是芍药，早一把火烧了整间包房。

在座所有人都在为彼此的未来欢庆或哭诉时，只有芍药，为一个疯子无辜牺牲自己，还要打掉牙往肚子里咽。芍药滴酒不沾，显得是那么格格不入，却始终淡定从容。

我递过麦克风问她："你想唱什么歌，我帮你点。"

芍药微笑点头，点了杨千嬅的《少女的祈祷》。

女孩儿一开口，喧闹的包房瞬间安静。嘴巴张得最大的是刘三疯，啤酒从嘴角往下流。谁都没想到，芍药有那么干净温婉的声音，粤语咬字好听，像极了杨千嬅。芍药唱歌时完全变成另外一个人，眼神坚定，下巴上扬，颈子上挂着那串银闪闪的十字架，跟整首歌是那样般配。

曲毕，包房静悄悄，只有刘三疯跟芍药在干巴巴地互相对望。

突然有人带头鼓掌打破僵局，房间再次归于喧闹。

我低声问芍药："你恨他吗？"

"谁？"

"他。"

"他有他的自由，我也有我的。"芍药缓缓地说，"主对我们每个人自有安排，只要在主宣布最后的结局以前，坚定地站在原地，守候他，就对了。"

我似懂非懂地点头，始终没敢追问，芍药那句"守候他"指的是主，还是指刘三疯。

5

刘三疯去了北京，芍药去了上海，我去了香港。

刘三疯手攥六位数的零花钱，在北京肆意挥霍，纵情逍遥，大二那年快被学校开除。同年冬天我去北京玩，住在刘三疯在校外租的房子，才住了三天就撞见两个有他家门钥匙的女孩儿开门就进，把我跟她们自己都吓一跳。更神奇的是，她们居然可以同桌跟刘三疯坐一起吃饭，气氛祥和大好。两个女孩儿平日里吃喝玩乐的花销，也都由刘三疯一个人负担。

两个女孩儿携手去洗手间的间隙，刘三疯突然问我："她过得怎么样？"

"谁？"

"芍药过得怎么样？"

酒后的刘三疯，反而比平日里正常些。

"当年你和她在一起过对不对？"

"我以为她会跟你说。"

"现在又关心起人家，你还要脸吗？"

"我就随口一问。"

刘三疯转头望向被火锅雾气模糊的窗外，眼神就像当初他望向校门外一样。

两个女孩儿挽着手回来，刘三疯又开始讲起我曾在高中寝室里听过上百次的黄色笑话。

喝高的我随手抓起手机给芍药发了一条短信："他问你过得好不好？"

很快收到回复："是不是他过得不好？"

我想了想回道："我说不上来。"

6

一周后，刘三疯把电话打到香港来骂我。原来芍药在收到我短信后第二天就坐火车从上海赶到北京，把刘三疯堵在学校门口，吓得刘三疯精神一阵恍惚，以为时光倒退回了高三。

刘三疯问："你来干吗？"

芍药还是那句："我只是想来看看你。"

刘三疯拿手背贴着芍药额头问："你没病吧？"

芍药若无其事地反问："你过得不开心吧？"

刘三疯拉起芍药就往饭店里拖，说："我请你吃顿饭然后给你买张火车票，你该回哪儿回哪儿。"为证明自己过得再开心不过，刘三疯特意叫来那两个女孩儿作陪。芍药并没尴尬，反而是那两个女孩儿不知所措，看不明白面前这一男一女是什么关系。芍药滴酒不沾，刘三疯逢酒必醉，席间没一个人说话，饭吃到一半，两个女孩儿起身要走。

芍药说："请等等，我想给你们讲一个故事。"

两个女孩儿面面相觑。

芍药继续说："一个人有一百只羊，其中一只迷路走丢了，他一定会回去找这只羊。如果他找到了，他的快乐会比拥有那九十九只羊更多。他就是上帝，我们都是迷途的羔羊。"

一个女孩儿问："你说什么呢？"

芍药说："如果你不能帮助他找回那只羊，也请不要带那只羊往更黑暗的地方走。"

另一个女孩儿说："你神经病吧？！"

两个女孩儿悻悻离去。

刘三疯撂下酒杯说："你神经病吧？哦，我是傻 × 喜羊羊，你当自己是谁？上帝？我女朋友？还是我妈？你大老远跑来是教训我的，还是说这是你撒娇的方式？"刘三疯狂笑不止，"我告诉你，有些羊丢了，没有人会去找，甚至没人发现它丢了。这只羊该怎么办？它得自己找路找食吃，保证自己不被饿死。你觉得那些好好活在圈里的羊会担心那只走丢的羊吗？！我告诉你！我……哇……"刘三疯吐了一桌子。

我无法想象瘦弱的芍药是如何能拖着一米八二的刘三疯在寒夜里走那么远。

　　隔日当刘三疯在自己住处醒来时，芍药已经坐在开往上海的火车上。

　　7

　　刘三疯到底还是活腻歪了，开始满世界作死。

　　大四那年，刘三疯被学校劝退。他妈留给他的钱也挥霍干净，他开始全国各地做小买卖：倒卖二手篮球鞋，跟人合伙开奶茶店，代理不知名品牌烟酒。到最后全都赔了钱，因为刘三疯做事跟做人一样，没有常性，唯一坚持不懈的爱好就是作死。

　　一次途经深圳，刘三疯在夜店里醉酒闹事，被地痞捅了一刀，送到医院，脾脏摘除。他本就不多的积蓄被一个又一个的女孩儿消耗殆尽，身上所有钱加起来都不够付住院费，发来短信问我借。香港距离深圳一小时车程，我携自己向同学借来的八千块钱去医院看他。

　　刘三疯脸色苍白，才做过手术，见着我居然还能一气儿不停地臭贫。

　　刘三疯说："你看到对面床那老头儿没有？听说住院两个月了，连一个来看望的人都没有。老伴儿死了，无儿无女，自己还不省人事，太惨了，都不如死了痛快。"

　　我说：“就照你这么个活法儿，要能有人家老头儿命长，都算老天爷开小差。”

　　刘三疯说：“能活多长我不在乎，但我知道，自己绝对不能像他这么死。我要有子孙绕膝，儿女送终，绝对不能到死还是孤零零一个人。”

　　我气不打一处来：“就凭你？精子成活率测过了吗？”

　　刘三疯居然认真起来：“爱情跟婚姻，都那么回事儿吧，还不如生儿育女的事高雅。狗屁天造地设，命中注定，都是编出来骗人的，有谁就敢下定论，这个人就是自己今生的唯一？有脸这么说的咋都不去街边摆摊儿给人算命呢？除非老天爷下凡，指着我鼻子跟我说，这个人就是你的一辈子了，你要敢不服从组织安排，老子就打折你的狗腿！那我才肯死心。”

　　“刘三疯啊！”我无奈地说，“你好自为之吧，记得还老子钱。”

　　“你别走啊，再陪我聊会儿。”刘三疯不依不饶，“你听说过智利有一座活火山吗？”

　　去你二舅！火山是活是死，干我啥事！

　　刘三疯自言自语：“火山的名字我给忘了，反正在智利一个农村。

活火山不定期会喷发，长则几年，短则一天好几次。喷发的时候，方圆十里内你都化成灰。

"但火山安静的时候实在太美了，吸引络绎不绝的情侣去那里拍婚纱照，还有人直接在山脚下办婚礼，刺激啊。赶上火山正好喷发，就死人了，但还是不断有人去冒险。因为当地人传说，一起去过火山的情侣要是能活着回来，就说明你们是命中注定的一对。要是倒霉化成灰了，就说明你们的爱情是受诅咒的，活该。"

我将信将疑："你听谁说的？！"

刘三疯说："我二舅说的，他跟我舅妈在美国结婚前就去过。"

我问："那你二舅和你舅妈百年好合了吗？"

刘三疯说："我舅妈后来得癌症死了，我二舅又娶了个老婆。"

我说："那你还敢去！"

刘三疯说："要是有人敢陪我，我就敢去。临死也拉个垫背的。"

我断定，这一切又是刘三疯自己杜撰的。

半个月后，某位全球知名的传教士来香港开超级大型传教会，新界元朗大球场座无虚席，场面壮观。传教士让大家举手，其中两万人是信徒，两万人是信徒们带来的普通群众。传教士当晚的任务就是要让那两万群众牵起主的手，此生跟主走。

我的大学就是一所教会创办的学校，学校在每一位内地新生入学时都配对了一个基督教亲善家庭，一为照顾生活，二为弘扬教义。我的亲善父母都是极其善良的人，几年来不懈劝导我跟随主，可惜我一直未能如他们所愿。那次带我去传教会，是他们使出的终极必杀技。

演讲最后，美国传教士问，有人愿意今天起跟随主的，请走下台来。

算我在内，只剩不足千人还端坐台上。亲善父母细声问我："真的不想下台去吗？"我微笑着摇头，稳如磐石，但坐在他们中间心情尴尬，假装拿出手机来玩，忽然就想起一个人。

我给芍药发去短信："我在听传教会，仍然没有跟随主，心里居然很愧疚。"

我收到芍药回来的短信："你今生有没有坚定不移地相信过一件事或一个人？是那种至死不渝的相信？如果你也有，我不说你也会懂；如果你没有，切忌强求，因为质疑是对爱最大的不敬。你只要听从自己的内心，爱你想爱的，追随你甘愿追随的。"

8

刘三疯出院后，芍药从上海飞到深圳，再次陪伴在自己的爱人身边。

这一次，刘三疯没有再赶芍药走。芍药为此耽误了毕业找工作，不想再回上海，干脆留在了深圳。但最可恨的是，刘三疯复原后，又不知道他下一站去哪里。刘三疯每一次的离开都让芍药之前的一切努力化为虚空，而他继续过着躲避全世界的生活。

芍药做了一个令人咋舌的决定，她去考了空姐。从此时常可以借工作便利飞到刘三疯经常流窜的那几座城市，每次见到刘三疯还是什么都不做，仍只为看一眼刘三疯过得好不好。

芍药的母亲为此痛心不已，不管怎么劝芍药都不听。恐怕她如何都想不通，究竟是怎样一个连对方名字都不知道的男人把自己女儿迷成这样，无奈之下开始给芍药安排相亲。但以芍药的个性，从来不会对自己不喜欢的人事激进地反抗，她只需要我行我素，实在迫不得已时才去见一两个相亲对象，但没有人会跟芍药见上第二面。

我不忍心问芍药："你到底要容忍他到什么时候？"

"不是容忍。"芍药纠正说,"容忍一个人,都是迫不得已。我是自愿的,是守候。"

芍药从不计较刘三疯从哪里来,从不追问刘三疯要往哪里去。在外人眼里,那不过是自欺欺人的苦等,但在芍药自己心里,那是守候。女孩子撒娇耍赖、寻死觅活的手段芍药并非不懂,她只是不想让自己的爱情沦为一场技巧。如果真靠这些才能留住刘三疯,她宁愿放他走。

那些年,芍药每一次甘心情愿地来到刘三疯身边,都重复着自己最初见到刘三疯时的那句话:"我只是想来看看你。"当刘三疯好了伤疤忘了痛,重新回归放荡作死的日子,芍药就再次悄然退居。芍药在刘三疯最需要她时,像光一样降临;在刘三疯遗忘她时,默默为他祈祷。

芍药还是从未对刘三疯说过哪怕一个字的情话,但她把自己活成了一封情书。

9

那几年间,我时常想起芍药曾问过我的那个问题:

你今生有没有坚定不移地相信过一件事或一个人?是那种至死不

渝的相信？

我想自己的答案大概是，有吧。

比如，我相信世上没有注定会在一起的鸳鸯，只有注定无法在一起的冤家。

比如，我相信感情世界里永远不存在公平，幸运也只会降临在少数人头上。

比如，我相信唯一有资格考验爱与信仰的，只有时间。

10

2014 年 2 月，我收到一封婚礼请柬。

白色请柬的封面上印有一个小小的金色十字架。

芍药随后打来电话："他想请你当伴郎。"

我反问："他为什么不自己跟我说？"

芍药说："他不好意思嘛。"

我说："呸，世上还有他不好意思的事儿？欠我的八千块钱到现在还没还！肯定是他没什么朋友，才想起我来的！"

芍药在电话那头笑起来："现在他的债就是我的债了，会还你的，放心。"

"真心佩服你。"我调侃说，"跟他肯定吃了不少苦吧？"

"还好。"芍药笑说，"还好。"

那段时间我刚决定要离开生活了七年半的香港，办理辞职和搬家忙得焦头烂额，答应了 4 月份去上海参加婚礼。要开始新生活的兴奋劲儿完全被漫长的告别消磨殆尽，我最后跟我的亲善家庭父母吃了一顿饭，感谢他们在那些年里以主的名义对我的关爱。

11

婚礼在陆家嘴的一间小教堂举行。

当天早上，各路人马在酒店里忙前忙后。造型师在房间里给伴郎们收拾发型，新郎刘三疯反倒懒得弄，窝在沙发上发呆，大概他觉得就算自己剃个八两金的脑型也还是一个帅 × 。

我百思不得其解，问刘三疯："就凭你，怎么会结婚呢？"

刘三疯继续窝着说："还记得我跟你讲过的，在智利那座活火山吗？"

我惊讶："你跟芍药真的去过了？！"

刘三疯说："没有。"

我问："害怕？"

刘三疯狡辩："都过了安检了，只是最后没登机。"

我笑话说："尿了？"

刘三疯："我没跟你说过吗？"

我："什么？"

刘三疯："我有严重的恐飞症和幽闭恐惧症。"

我印象中的刘三疯好像真的是去任何地方都坐火车，并且从来没出过国。原来他当年死也不肯去美国，竟然都是因为恐飞。后来我也曾患过恐飞症，深深知道那是怎样一种感觉，那感觉就是飞机每颠簸一下，自己每呼吸一次，都离死亡更近一步。原来他不是真的疯子，他也会怕死。我感到万分惊讶，生活竟然真的如此讽刺。一个曾经梦想仗剑走天涯的浪子，居然恐飞。更讽刺的是，他的未婚妻还是一名空姐。

2013 年冬，刘三疯的妈妈去美国投奔刘三疯舅舅的第二年，因为再也无法忍受失败婚姻带来的长年痛苦，服下一整瓶安眠药自杀，所幸被舅舅一家人及时送到医院抢救起死回生。

原来刘三疯的爸妈在他高三那年离婚，一对曾被世人羡慕作佳偶天成的才子美女，在经历过二十年的恶战与苦熬后分道扬镳。那正是刘三疯跟芍药刚刚在一起的那一年。

舅舅打来越洋电话，让刘三疯赶快赴美国看望妈妈。

刘三疯在上海托芍药买到航空公司内部折价票，芍药一路送他到机场。

安检窗口前，刘三疯却突然回头对芍药说："我不想去了。"

芍药问："为什么？"

刘三疯说："如果她真的在乎我，就不会懦弱到选择一死了之。"

芍药说："可她毕竟是你妈妈……"

刘三疯打断说："你愿意跟我去智利吗？"

刘三疯生平第一次抱着必死的决心坐飞机，而且只买了两张单程票。

刘三疯想，如果自己能克服恐飞熬过漫长的旅途，去到火山，不幸化成灰，就认栽；如果活下来，就顺道在那边玩一圈，什么时候想回来了再买票。

他问芍药："你真的愿意陪我去？"

芍药说："愿意。"

刘三疯又问："万一出什么意外，你不后悔？"

芍药说："主会保佑我们的。"

刘三疯对我说："那一瞬间，我突然觉得有她在身边，我去哪里，去或者不去，都不再重要了。虽然我害怕所有的承诺，但我不是懦夫。只有懦夫才要靠这个荒唐的世界暗示自己，谁才是值得爱的人。"

刘三疯的一张面瘫脸，总是不坏笑不说话，但那一刻，竟无比深情。

被这疯子搞到鼻子酸，我调侃说："到头来连你也相信天长地久了？"

"不。"

刘三疯神经病似的摇着头，从沙发里坐起身说：

"我相信的是她。"

12

婚礼上，当芍药挽着父亲的手从教堂的大门走进来，站在刘三疯身后的我感到炫目。

交换戒指，神父请新婚夫妇宣誓。

刘三疯望着芍药的眼睛，说了这样一段话：

"其实到现在我也不知道爱情是什么，对婚姻也还是一样恐惧。我想，也许我们往后生活会跟别人一样终难逃落俗，会为鸡毛蒜皮的琐事争吵，会为日趋平淡而懊恼，会不堪重负，甚至会后悔万分，但是这些都是爱情跟婚姻必须要付出的代价。

"世上没有任何一种幸福的背后是毫无怨言的，但我们还是选择去爱，去结婚，因为我们都怕孤独终老。如果这些就是爱的代价，而我必须选择跟一个人一起来承受、那我宁愿那个人是你。"

芍药身后的伴娘们早一个个哭得眼红妆花，只有新娘自己淡定如初。

整间教堂的人静待新娘的誓言，而芍药的誓言短得竟只有一句：

"我爱你，阿门。"

13

婚宴上，刘三疯执意拿不掺水的酒跟宾客们干杯，才轮到第四桌就要站不起来了，连我也跟着遭殃，险些吐在一桌没动过的饭菜上。

朋友们饶过刘三疯，大家都知道他疯，但他们没饶过芍药，非起哄要新娘上台唱歌。

芍药身着一袭白纱，站在台上甜笑不止，唱起那首《少女的祈祷》：

> 祈求天地放过一双恋人
>
> 怕发生的永远别发生
>
> 从来未顺利遇上好景降临
>
> 如何能重拾信心
>
> 祈求天父做十分钟好人
>
> 赐我他的吻如怜悯罪人
>
> 我爱主同时亦爱一位爱人
>
> 祈求沿途未变心请给我护荫

林夕写的歌词，最末一段永远是美梦惨败给现实的悲凉。但芍药只唱到这里，就结束了。

醉倒在台下的刘三疯仰望着台上的芍药，那种眼神，更像是一种信仰。

# 花 朵

杨美味

"她笑了。她抬起头笑着跟我说,但是你永远不要这样,如果不是缺钱缺得发疯,就千万不要亵渎爱。真的。

"你要找一个你爱的人,他应该是你喜欢的那种样子,稍微有点儿肉,高高的,就算吵架也很开心。要找个那样的人谈恋爱,要找个喜欢的人,谈恋爱。"

大一的时候,刚刚开学,学校便狠心把我们送去军训。

正值重庆的夏天,三十多个人挤一个房间,地铺打得脚都没有地方踩,抢一个水龙头,吃一盆丝毫没有油水的大锅菜,在太阳下站军姿累到想直接躺在地上睡一觉。这样的环境,对于一群娇生惯养的大学生来说,自然算是恶劣。大家都怨声载道,每天站完军姿拖着疲惫的身体回到宿舍,就开始集体抱怨教官、抱怨部队、抱怨学校。

我在这里遇见花朵。

花朵是唯一一个不抱怨的人。

她是学姐，因为大一的时候入学晚，没能赶上军训，所以跟我们一起补上。

花朵一看就不是城里人，这句不是贬低，而是事实。就算军训，大家穿一样肥大又粗糙的迷彩服，丑得不忍直视的胶鞋，但是花朵还是能看出来不一样。

她皮肤黝黑，眉毛又粗又硬，手也很粗糙。她扎一个马尾，用红色的头绳，上面有一个褪色得差不多的蝴蝶结，总是傻乎乎的，对每个人都笑，说不上好看，也说不上难看，像是走错了时光的片场。

每天一回到宿舍，躺倒在床上，就觉得四肢都不是自己的了，一点儿指挥的力气都没有了。呻吟的呻吟，打电话的打电话，睡觉的睡觉，而花朵第一件事就是脱掉当天的衣服去洗。大家累到不行，就有学妹开始撒娇："花朵姐，能不能帮我一起洗了。"花朵说："好啊。""顺便也帮一下我吧。"于是撒娇的声音又此起彼伏："花朵姐帮我也一起洗了吧。""对啊，也帮我洗一下吧。""我没外套，就帮我洗下短袖嘛。"她只是傻乎乎地说："好啊。"

一个宿舍只有一个水龙头，水断断续续的让我们忍不住盯着水流

暗自鼓励 "come on"。大家排着队洗澡，洗完就比较晚了。

　　为了不耽误我们接水，她只在我们洗完澡以后再接水洗衣服。好多件堆起来，一洗就洗很久。有时候会有疲惫的学妹抱怨："哎呀，谁一直弄水啊，那么吵！"于是她把水开得更小，动作更加小心翼翼，也就洗得更慢。

　　我睡在靠着洗澡间的窗户旁边，等着一条似乎永远也不会来的短信，把屏幕按亮了一次又一次，却还是没有任何消息，心里烦得慌，就翻起来，趴着从窗户上看她。

　　正好对上她的眼神，于是她又笑，轻声却放大口型说："还没睡啊？"

　　我点点头："太热了，睡不着。"

　　我盯着黑暗里的手机看了一会儿，又把目光投向外面，对正在拧衣服的花朵说："花朵姐，等你洗完，不想睡的话，我们聊聊天吧。"

　　她可能是有点儿出乎意料，愣了一下之后猛烈地点头。

　　这是我和花朵的第一次正儿八经的交流。

我们不同级,不同专业,顶多是这个三十多人的房间里的泛泛之交,却因为这次失眠以后的聊天变得不一样。

我坐在床上,往后退了一点儿,给她留出位置。

她却只是蹬着梯子站在我的床沿看着我,不上来。

我说:"怎么啦?你上来啊。这么站着多累啊。"

她直摇头说:"不了,别把你的床单弄脏了。"

我笑了一下说:"什么啊,上来吧,哪儿脏了?这学校发的床单,太粗糙了,反正军训回去之后我也不会用。"

我拉着她的手臂,拉她上来。于是她特别不好意思地爬上来了,还是把脚伸在外面。

我问:"花朵姐你是哪儿人啊?"

"山东。你呢?"

"我四川的,隔几个小时车程吧。不算远。"

花朵点头："我每次回去要坐好几天。"

我惊讶："好几天，不会吧？怎么那么久。"

花朵掰着手指头开始给我数："我要先坐火车到济南，济南坐六个小时汽车……"

我听着一些我从来都没听说过的地名和在我印象中已经消失了的交通工具，似懂非懂地点了头，说："我们班有好几个山东男生，都长得好高啊。你也是，好高啊。我真的好羡慕你们这些大长腿，我以前念高中的时候跑步跑得慢，就有个外号叫短腿。"

花朵笑："四川女孩子漂亮啊。你看我们学校四川的女孩子，都长得挺好看的咧。一个个都小巧玲珑。"

我说："你们真的不懂我们这些呼吸不到新鲜空气的人群的难过。不晓得是因为吃的差异还是基因，我们那儿的女孩子普遍长不高。不过好在，我们那儿的男孩儿，也普遍长不高。哈哈。"

我和花朵捂着嘴偷偷笑。

我瞥到窗外的水龙头，于是问："你干吗要帮她们洗衣服啊？多大点事儿啊，你又不欠她们。拒绝不就得了。"

她依旧嘿嘿一笑："举手之劳嘛。这点事儿哪用说谢谢，我在家还要洗一家人的衣服呢。这点算啥。"

我也就无话可劝了。

我又问了她一些关于学生会、社团、选修课之类的学校的问题，没有涉及太私人的东西，足足聊了一个小时。

从此我就和花朵熟络了。

花朵对我特别好。

或者说，花朵对每一个人都很好。对我尤其好。

军训的时候学校领导来慰问，每个人发了一个苹果和一盒牛奶。可能是由于在部队吃得太差，那天我胃疼得像是肠子在肚子里不断打结，满头大汗，动都动不了。花朵跑下楼，在楼下等了很久，打到开水，把牛奶温在脸盆里，温热了递给我喝。我摇摇头，说："我不喝，给你喝。她劝我，你今天都还没吃什么东西，先垫垫肚子吧。"我捂着肚子解释，空腹的时候喝牛奶不好，而且胃疼的时候喝牛奶会更严重。她的手失落地缩回去："哦，我以为是好东西她所以才想给你拿来的。"

从部队回学校的时候，她帮我提着我的桶和背包。我想拿回来的时候，她摆手说，一点儿都不重。

我无意中说了一句："花朵姐，你要是去取信的话，顺便帮我看一下有没有我的。朋友给我寄了明信片。"她就每天去看一次，直到我的明信片到，兴高采烈地帮我送到宿舍来。

我跟朋友出去玩，问她能不能帮我上一下晚上的选修课，她也总是毫不犹豫地就答应下来。

旅游回来，拖着一个大箱子，十点多的学校已经没有观光车了。我瘫在校门口，打电话问花朵能不能来接我。她说："你等等，马上来。"没过一会儿，她就出现在我面前。帮我拽着箱子走在前面，她说："你要是早点打电话我就快一点儿，我刚刚睡下。"

我和花朵很少在一起吃饭。因为在不同的专业、不同的年级，上课的时候很少碰到。有时候在食堂偶然碰到，却发现我去哪个窗口，花朵都躲躲闪闪的，最后去套餐窗口买一份米饭，端一碗免费的汤，泡着饭吃。后来我才知道，她每天的三餐都是固定的。早餐馒头、开水。中午一份米饭加一份素菜，再去端一碗免费的汤。晚餐又是馒头、开水。

我实在看不过去，邀请她一起去吃饭，她都是找各种理由推辞。我想了想可能是害怕太贵，于是说我请客，她也还是推辞。

我不记得那一天具体是多少号，只是记得那天特别冷，心也好像掉进了冰窟。我挂掉有个人的电话，在街边站了很久很久之后，给花朵打电话。她手机停机了。她只有一个在大概十年前流行过的那种手机，只能发短信、打电话，也经常打不通。我只好打给她的室友，我说："花朵姐，我们去吃火锅吧，这天气，真的是太冷了。"

她说："不了，我吃过了。"

我说："你骗谁呢？现在才几点啊！食堂都还没开饭呢！你赶紧来吧，你不来我就一直待在这儿啊，冻死我自个儿！"

花朵来了。

我们点了菜，我又自作主张地点了几瓶酒，两个人你一杯我一杯地都喝得有点儿亢奋了。

我就跟她说起我难过的理由，说起我喜欢的那个人。我说："那个人真的算是个烂人唉，冷漠得很，关键是他还对谁都一副如沐春风和颜悦色的样子，我特别讨厌他这一点。我不怕他冷漠，我怕的是他对所有人都好，我宁愿他对所有人都一副冷漠的样子，那样还好一点儿，不至于我刚刚因为他的好兴高采烈了一会儿，却发现他对别人也一样。就跟被扇了一耳光似的。"

"那他知道吗？"花朵问。

我揉了揉脸："不知道，我不敢告诉他。我特别喜欢他，喜欢到，我连告诉都不敢，什么都不敢说，什么都不敢做，都觉得反正这样耗着这样浪费着，只要他在，都好，反正就一个字，尿。你呢？你喜欢的人呢？不会这么混账吧。"

花朵摇摇头："我没有喜欢的人。"

我软绵绵地用手指指向她："哈哈，你骗人，怎么可能没有喜欢的人呢？"

她捉住我的手指，对着我傻笑："真的啊，连饭都吃不饱，有什么资格去喜欢人？"

我突然一下就愣住了，酒也醒了一半，夹了一块牛肉到她碗里："快吃吧，免得煮老了。"

从此我再也没有问过花朵关于喜欢的人的事。

而在这不久以后，花朵居然有了一个男朋友。

是一个公司的负责人，参加一个捐助活动时认识了花朵，觉得她处境困难就多留心了一下她，一来二去，就帮出感情了。

我最开始知道这个事儿不是从花朵嘴里，而是从别的女生嘴里。

打水的时候，排在前面的女生刚好聊到这个事。

——你说是不是所有农村人都那么见钱眼开啊？还真是为了钱什么事儿都能做出来。

就是，年龄都够给她当爸了吧？唉，多给学校丢人。

——啧啧，你就是羡慕嫉妒恨吧？据说是个大老板呢，这以后就吃穿不愁了，你上哪儿能找到那么有钱的一个干爹啊。

对啊，我也觉得奇怪，你说花朵长成那样，到底是哪里吸引人了。是不是传说中的那些干爹都审美特殊，不然怎么看上她的啊，哈哈。

我瞪了一眼她们，放下水壶去找花朵。

那一段时间我忙着学二外的事，已经有一个月没见着了。

　　两个人说了一会儿话，她看不出有什么变化，我忍不住问了一句："花朵姐，听说你有男朋友了？"

　　她垂下眼睛，点了点头，然后又摇了摇头，说："其实算不上男朋友，他有老婆。"

　　"那你……？"

　　"他对我很好。"

　　"嗯。可是花朵姐……这样不好……"

　　"从来没人对我这么好过。"

　　"嗯。"

　　接着我们陷入长长久久的沉默。

　　那个男人对他确实很好。

　　明明不漂亮又不优秀的花朵，男人却舍得花很多时间陪。按理说这样的男人，混迹在身边的女人绝对不会少，却偏偏看中了最质朴善良的花朵。谁知道呢？人心这回事，又有谁能有自信地说能掌握呢？

给她在外面租了房子。在老家帮她修了一栋小洋房。送她弟弟读书。经常买礼物给她。

我去过一次她在外面租的房子，她系着围裙去掉虾的头和泥线。她说："虽然我生在山东，但是我从来没吃过新鲜的海鲜，有很多产自山东的东西，是后来来了重庆之后，才知道的。"

我环顾着阳台上的风铃和水培植物，问道："你以后想怎么办？不能一直……这样下去啊。他虽然好，但是他毕竟是个有家庭的男人。"

她手上的动作顿了一下，说道："可是，除了他，也不会有别人再喜欢我了啊。"

"你别这么自卑啊。"

"我知道自卑的意思。"花朵边解围裙边说，"自卑的意思是低估自己，本来有却觉得自己没有。但是我不自卑，我一点儿都不自卑。"

她放下围裙，看着我，几乎是一字一顿地说："我没有低估自己，我是，真没有。"

由于男人的出手阔绰，花朵在我看着的这一年里，对钱的态度，有了翻天覆地的变化。从最开始从来不逛商场，什么都不舍得买的人，变成了后来犹豫一下就可以把卡递出去的人。她买了一堆化妆品，开始学化妆，把她那些老旧的衣服打包到箱子里，但是也舍不得扔。我陪她去逛街，路过一家店，她在门口站了好一会儿，跟我说："去年的时候，你买了条裙子，穿着真好看，那条黄色的。后来路过这个这里，看到橱窗里跟你穿的那条一模一样。我觉得特别好看。"

她冲着我笑："但是我问了，今年夏天的话，就没有一样的了。"

人靠衣装，开始穿着漂亮衣服都觉得别扭的花朵，越来越像一朵花了。二十几岁的姑娘，浑身上下都散发着青春的气息，光是这股热情洋溢的年轻气息，就已经够让人目不暇接了。

花朵以前看起来并不像我们这个岁数的人，她憨厚又土气，拍照、旅行、美食、恋爱、唱K、淘宝、游戏，这些都是跟她没有关系的事情。从前她的世界里，只有兼职、一日三餐的馒头、斤斤计较省下的钱、走进店铺时店员的冷漠和不说出来的明白。

她被生活压得太累，累到连梦想都不敢有，甚至连喜欢这种感情，都觉得是奢侈的。

花朵没变的是和善和好脾气。

　　明明知道别人在背后说了她不少坏话，明明别人不给她好脸色看，依然像军训时那样，对每个人都担待着，不得罪也不反驳，只要能帮的忙一定帮。

　　花朵还是那个花朵，只是生活在她面前打开了一个潘多拉的魔盒，只是顺序相反，先是飞出了希望，由这本身不属于她的希望带来的灾难，也就接踵而至了。

　　下课有豪车来接的日子，终究没有长久。

　　这一天结束在原本平常的一天，一堂原本平常的英语课上。一个女人拿着一张照片冲进教室，问："谁是花朵？"

　　有不明情况的同学指了指花朵，于是那个女人在老师还上着课的情况下，直接冲到花朵的座位面前，抓住花朵的头发扇了她一耳光，骂道："你这个骚货、狐狸精，有爹生没娘养的，勾引我老公，也不看看自己什么货色，下贱胚子就是改不了下贱。"

　　和电影里的那种场景一模一样。

　　同学和老师拉开那个女人。整个过程中，花朵没有还一下。只是把那个女人拉开以后，花朵顶着乱糟糟的头发，拨开刘海儿，笑了一下。

是真的笑了。

我知道这个事已经是第二天了，下课后我去宿舍找她。她居然去上课了还没回来。我等了几分钟，她回来了。

她真的变得好看了。瘦了许多，化了妆，还是遮不住脸上的红肿瘀青，嘴角有一点儿小伤口。她拉着我的手，说："你最近是在忙什么啊，都不来找我？"

我说："工作室的事最近太多了，我都好久没周末了。听说你不大好，所以我来看看你。"

她笑了一下，说："你看她凭这张照片都能找到我，是不是神了。"

她把照片递过来，应该是花朵入学前的证件照，一寸红底，扎一个马尾，和现在的她判若两人。

我盯着照片看了好一会儿，伸出手轻轻碰了碰伤口，问她："痛吗？"

她摇头："说不痛。真的。一点儿也不。"

"你觉得我还能好好生活吗？"

我把照片还给她："能吧，有句话说，每个圣人都有过去，每个罪人都有未来。"

她默念这句话，把照片上的自己抚摸了一遍，抬起头跟我说："谢谢。"

这次以后见到她的时间就越来越少。各忙各的，时间总碰不到一块儿。

就这样，我下一次见到花朵的时候，就已经是花朵走之前了。

她和那男人分手。男人觉得对不住她，于是提出送她去国外读书。反正现在在学校闹得这么大，对谁都不好。她几乎是没有考虑就接受了。

她请我吃火锅，说："你赶紧来吧，你要是不来我就不走了。"

和当初我说要请她吃饭的那句话一模一样。

这次是她点的单。我让她先点，她把菜单递回来的时候，我发现她把我上次点的东西全部都点了，甚至连啤酒的牌子和瓶数都一模一样。

她喝得满脸通红，不断地跟我说话。

她说："你知道吗？我第一次见到你，就特别羡慕你。你们城里的女孩子，跟我们就是不一样。虽然你强调过无数次你的家乡只是个小城市，但是我念大学前，连小城市都没去过。我怎么样都隐藏不了自己见识短，自己缺钱花，拿着你的触屏手机都小心翼翼不敢点，因为之前没见过。以前在农村，学校里的学生都差不多，我感觉不到区别，直到我来到了这里。

"军训的时候，你让我到你床上去坐。我生怕把你的床单弄脏了。我知道你们每个人从小就有自己的房间的时候，羡慕得不得了。我们农村人，哪有那么多讲究？铺一铺谷草、一床毯子，倒头就睡了。

"我把牛奶留给你喝。我之前没喝过，但是觉得包装得那么好，应该是好东西。但是你居然说胃疼的时候不能喝，我又觉得特别难受。这么好的东西，要是没有开，给我弟弟带回去该有多好。

"我来重庆前，有一些有见识的长辈，跟我们家说重庆是个好地方，火锅可好吃了。可是我想都不敢想这些，我老家的房子住了几十年了，外面下大雨，屋里下小雨，风一吹我们就得抱着锅碗往外跑，怕塌了。你没见过那样的房子，你想象不了，就像我没见过这些高楼的时候，我也想象不出，原来房子，可以长这样。我大学的学费是贷款的，我弟弟每一年为了学费都要在家哭上一阵。我是村里唯一一个大学生，我考上大学，村里奖励了我们家一百块，那个时候觉得是特别了不起的事情。直到大学以后，发现一百块不够你们吃顿饭。

"我吃的第一顿火锅，是你请的。我觉得太奢侈了，我觉得你对我太好了。我想着以后有机会的话，一定要加倍对你好，把这些还给你。

"我是怎么沦陷的。你听我说，就是一个活动。别人给他献了一束花，他嫌懒得拿，就顺手扔给我。那是我第一次收到花，我以前也没收到过什么礼物，我也不敢收礼物，收了就意味着我得还，而我没有钱还。谈恋爱是你们这些城里女孩子的事儿。

"我以前是哪种人你知道吧？就是买一支笔我都要比较半天，因为什么东西对我来说都只有一个选择，要买很困难，我就必须反复比较，一支笔，一双鞋，一块香皂，都是独一无二的。我以前特别想知道，不穷的日子是怎样的，可以一下子买两支笔的感觉，是不是特别好。

"我们家的人都不敢生病的。没人病得起。我爸爸背痛了几个月，只能找土郎中来一遍一遍用酒搓，没有要死的病，是不会去医院的。

"我知道有很多人看不起我。我知道你也说过，说我错了，说我不应该这样。我也觉得自己是个应该被看不起的人。可是我还是没能拒绝他。你们很多人都抱怨，说觉得自己的人生被父母计划了，去哪儿上班，可是我特别羡慕你们。我连套像样的西装都买不起。我不想被人一辈子看不起。

"我知道很多人骂我，也知道有很多人看不起我，都没关系了。这是我应该承担的结果，让他们骂吧，让他们看不起吧，反正我也不是那种患得患失的人，反正我也没什么好失去的，反正日子也不会更糟糕了。我甚至有时候还觉得挺值的，至少过年的时候不会再有人来要债，至少我弟弟不会再过我这样的日子。一点儿骂声，就换来了这些我曾经可能努力几十年都不敢梦想的东西，而现在我得到了。轻而易举。"

她笑了。她抬起头笑着跟我说："但是你永远不要这样，如果不是缺钱缺得发疯，就千万不要亵渎爱。真的。"

"你要找一个你爱的人，他应该是你喜欢的那种样子，稍微有点儿肉，高高的，就算吵架也很开心。要找个那样的人谈恋爱，要找个喜欢的人，谈恋爱。"

最后她在热气腾腾的烟雾中，举起杯子跟我说："干杯。"

我拿起杯子跟她碰了一下。

她又笑，说："为了明天。"

## 杀 信 鸽 的 人

郑执

那个夏天，全世界的鸽子都是属于永生的，它们都有一个共同的名字：
两块。

我爸去世那年，永生远隔千里打来电话，诚心问候。他在电话里
哽咽着对我妈说："三嫂，家里有啥我能帮上忙的，尽管跟我说。我生
是三哥的人，死是三哥的鬼。"

想不到他还是个有良心的人。我家人足有十年没跟他来往了。

二十几年前，我爸经营着一家小小的面馆，生意红火，永生是押
面师傅。

永生刚到我家时，才十五岁，还不是大师傅，只是一个打杂的。
永生的家在河南某农村，我曾试图让他在面馆墙上贴的中国地图里指
出家乡的具体方位，但他当时连哪条是长江、哪条是黄河都分不清楚。

永生一口浓重的方言,任谁都听不太懂,刚开始跟他说话都像打哑谜。但永生爱笑,一口黑黄的四环素牙,嘴角还呲白沫子,样子很滑稽,也没人讨厌他。

永生说,自己出世以前夭折过两个哥哥,所以爹妈起名永生,指望他的命能硬过两个哥哥。永生跟我爸说:"三哥,我命硬,啥活儿都能干,你就留下我吧。"那个年代,农村出来打工的孩子岁数都不大,家家多少都雇过童工。我爸见永生笨拙又蛮拗的样子说:"你扫地吧。"

永生一扫就是三年。

地没得可扫的时候,永生也从来不闲着,帮后厨洗碗,帮水案切菜,帮抻面的大师傅和面。虽然笨拙,但永生自学的本事越来越多,菜比水案切得还快,面比师傅和得还劲道。我爸全都看在眼里,对永生说:"不如你跟大师傅学抻面吧。"

十八岁,永生成了我家面馆抻面的二师傅。

永生学会抻面以后,原来的大师傅日渐清闲。忙的时候,永生总主动跟大师傅说:"哥,你去歇着吧,抽根儿烟,这儿有我呢。"大师傅喜欢永生懂事,在一旁抽着烟跟服务员们调侃说,这孩子真实诚,干那么卖力,跟自己家店似的。

渐渐地，大师傅几乎成了甩手掌柜，比我爸还悠哉。

有一天，永生在后院仓库里堵住我爸，认真地问："三哥，你觉得我现在抻面的水平咋样？"我爸实话实说："成手了，像个大师傅，自己支一摊儿也没问题——咋的，想跳槽啦？"永生说："我不跳槽，我这辈子都跟定你了。三哥，就你对我好，所以我才为你着想。三哥你想想，现在我一个人抻面，就足能供得上咱家店的流水，你为啥要多付一个人的工钱呢？我抻面，但我还是只拿扫地的钱，咋样？"

永生说的是：咱，家，店。

我爸后来说，这小子，一点儿不傻。

永生终于成为我家面馆唯一的大师傅。我爸主动给他涨了工钱，是他扫地的三倍。

永生常年抻面，臂力过人，刚来时瘦的跟什么一样，后来身体飞速发育，我爸给员工吃的伙食也比别家店好，永生长成了一个大男人。

我跟永生年纪刚好差十岁，他十八那年，我八岁。十岁的年龄差很尴尬，叫永生叔不对，叫永生哥也别扭，有时我干脆就喊他永生。我一喊"永生、永生"的，他就假装生气，说我没大没小，总趁我爸不在的时候用两手抓我的两脚把我倒拎起来，像抓鸡崽子一样地来回甩，笑着一口大黄牙问我："晕不晕，晕不晕？"小学时我成绩特别好，而且是不用学就考第一的那种好。日后回想起来，总觉得跟永生经常倒拎我导致脑供血太足有关。

再后来，我亲眼看见过永生的另一面，就再也没敢跟他闹过。

夏天，大小饭店都在自家门前摆起大排档，桌子都快伸到马路中间了。那时代没有城管，只要搞定了派出所跟工商局，就放心大胆地干。我家的生意一到夏天就更好了，不只有面吃，还有小烧烤。我记得那个夏天是我生平第一次见到有人吃鸽子的，而且以当年物价论，卖得还不便宜，哪一桌点了烤鸽子，一般都有金链子大哥坐镇。

起初我家没有烤鸽子吃。我爸觉得太血腥，又不好收拾，因为要吃鸽子的顾客一定要店员当着他们的面宰杀，气派重过味道，这是东北大哥们对吃饭的一种精神坚持。我爸料定店里没人敢宰活鸽子，想想算了。可见到隔壁几家饭店卖烤鸽子勾走了不少主顾，又不甘心。

终于，还是永生开口了。

永生对我爸说："三哥，不能让别人抢了咱家生意，你也进鸽子吧，我宰。"永生的话正中我爸下怀，我家面馆也开始在夜间烧烤模式中平添了两笼鸽子。

永生杀鸽子，简直成为我家吸引顾客的标志性夜景。别人家店员有时还要用小刀抹脖子，笨的一次还弄不死，鸽子挣扎着一扑腾，羽毛混着血都溅到客人身上。永生从来都是徒手，瞅准了哪只，抓住翅根一把从笼子里薅出来，另一只手在同一时刻攥住鸽子脑袋，腕子一旋，再用力一揪，脑袋就落在他手心里了，再几把扯掉长羽毛，鸽子就不动了，全过程行云流水，不超三十秒。永生拎着一动不动却滴血未沾的鸽子在客人面前晃一圈，大哥们满足地叫过好，他再噔噔噔跑去后厨进行最后处理。

当时我正在逗笼子里的鸽子玩，眼见永生杀鸽子的全程，竟一点儿不觉得血腥。只是觉得，可怕，尤其是永生那种坚定又淡然的眼神。

我爸为鼓励永生的辛勤，许诺每杀一只鸽子就给他提成两块钱。生意最好的三伏天，永生一晚上光靠杀鸽子就能赚百十来块。经常是客人们还没看过瘾，鸽子就已经卖光了，但永生总是能神奇地变出新一批活鸽子，一手一个头，一手一个头地杀。我坚信永生那时一定有在心中默念：两块、两块、两块……

凭借永生杀鸽子的绝技，左右两家饭店都被我家顶黄了。但就在夏天快结束时，我家面馆被住楼上的孤寡老头儿闹了个翻天覆地，险些连生意都做不成。

原来永生像变魔术一样变出的那些活鸽子，是从楼上偷来的，那都是老头儿养的信鸽。

我爸大骂了永生一顿，罚了他一个月工钱，又赔了老头儿很多钱才算了事。

那个夏天，全世界的鸽子都是属于永生的，它们都有一个共同的名字：两块。

面馆开了几年，生意稳固，逐渐扩张，比最初的规模大了许多。我爸的两个哥哥依次下岗，坚信生意应该有他们的一份，因为店面用的是全家的老房子，要跟我爸分家。我爸一气之下干脆把面馆让给了他们，带走大部分原班人马去城市的另一头重新起炉灶，连原本已小有名气的招牌也放弃，起了一字之差的新店名。

永生当然跟着我爸走，那年他二十出头，已经是我家店的元老。

新店在靠近城北火车站的一片废弃广场上，一共十八家饭店，都是各家自己盖的违建房。老板几乎都是城中混迹过社会的人物，没人强拆，也没人收税，被管辖部门统称为"北站十八户"。我家新面馆是最后一户在此落脚的。

即便是社会人物，在各自成长的片区再怎么威风过，彼此也要给些薄面。强龙难压地头蛇，毕竟这十八户都不是北站的坐地户，北站原有自己的小社会和原班社会人。那时有一帮势头正劲的北站地痞，领头的外号叫小尾巴，总带着一群小弟们轮流在十八户间吃白食。但每次也只是吃白食，笑盈盈地说大家交个朋友。十八家老板们也就忍气吞声了，毕竟十八家挨家吃过来，每家每个月最多轮上两顿。

大概是我爸过于顽固和倔强的性格，白食吃也就吃了，却从不给笑脸，因此小尾巴才盯上我家，来我家最频繁，每次都带两桌人，杀我爸的威风。连偶尔去店里玩的我也见过他几次，还天真地追问我爸，这些人吃饭怎么不给钱？我爸笑笑说，都是朋友，没什么大不了。

某个深夜，小尾巴的人喝得大醉，店里只剩他们那一桌，有人开始调戏我家新来的漂亮服务员小丽。小丽年少，跑到我爸面前告状。我爸当晚也刚喝过酒回来，操起酒瓶子就干起来，但寡不敌众，小尾巴的人一拥而上，我爸被围攻，脑袋开花。

当时后厨只有永生一个人在，却眼睁睁地躲在后面看。

我爸在慌乱中大喊："你倒是上啊！"

永生为难说："三哥，我不敢动手，万一出啥事儿，我就得被送回农村，我不想回农村！"

我爸在气头儿上，嚷着说："你给我上！出了人命算我的！"

永生一愣，转身回到后厨，三秒钟后手拎着菜刀冲出来，目标明确，挥刀直奔小尾巴后脑。只一刀下去，小尾巴已经倒在血泊中。

众人停战，以为真的出了人命。

那一晚，我妈把我从睡梦中唤醒，骑车驮着我直奔城北派出所。

我妈让我在派出所门外等，我就坐在车后座上玩着永生在地摊儿上给我买的魔方。

天快亮时，永生才跟在我妈身后出来，满手血迹。最后出来的是我爸，满脑袋纱布，活像未完工就跑出来的木乃伊。

小尾巴被警方认定闹事在先，甘愿私了，倒赔我家饭店损失和医药费六万块，自己在医院躺了三个月，出院时后脑里多了一块钢板。

从那以后，永生彻底成为我爸最信任的人。在我眼里，他跟我爸的关系就像蝙蝠侠和罗宾、福尔摩斯和华生、舒克和贝塔。

又半年后，小丽提出辞职。我爸问她是不是要加工钱，这没问题。

小丽说："不是，我要回家给永生生孩子。"

他们俩的私情，居然在我爸的眼皮子底下瞒过了。

我爸很生气，不是为了一个服务员，而是因为他清楚知道永生在农村老家订过娃娃亲，过完年就要回去成亲的。

可男女私情，外人谁又有权力阻挠呢？

小丽搬到永生租的房子养胎去了，我爸还多给她开了三个月工钱，说生完了孩子还想回来干的话，随时可以。再次出乎我爸意料的，过年时，永生特意请了长假回家成亲去了。

永生有两个老婆的事，只有他自己跟我爸妈知道。几个月后，他的两个孩子先后在城里跟农村出世，一儿一女。那年永生二十四岁。

北站面馆的生意再一次如最初般红火，我爸接连盘下了左右两家店，分别开了火锅和中餐。因为灭过小尾巴的气焰，"北站十八户"再没受过地痞的骚扰，工商局的人甚至给了我爸一个无冕的名分：十八户片长，负责在这一片代收其他十五家的税，能收多少算多少，工商局开出的条件是我家三个饭店的税全免。

到了每月的收税日，我爸都会轮流请各家老板来自家店里吃饭，交税仪式也就自然了许多。那几年，十八户的生意都不错，曾经荒废的广场再现兴旺。

但好景不长，那毕竟是一块黄金地段，新上任的市长下令拆除了十八户的违建房，整片地卖给台商盖了商场和会馆。我家十年的好生意，也随之终结。

后来我爸带着十年间赚的所有钱，去了广州乃至国外做生意，没多久就被朋友骗个精光，落魄而归。回家以后，近三年没有再做过餐饮的生意。

那三年间，永生也不再是我家的大师傅。他在社会上闲晃了很久，又辗转几家饭店打工，最后都因为跟老板不和不干了。但他多年省吃俭用，攒下不少本钱，得知我爸回家，来家里找过几次，劝我爸再开一家饭店，他还要回来给我家打工。但我爸沉寂了太久，没有心情，永生最终败兴而归。但永生听从我爸的建议，带着小丽和儿子回到河南，自己开了一家面馆。但他没有回农村，而是落户在洛阳，把农村的老婆和女儿也接到了城里，两个老婆跟一双儿女才第一次得知彼此的存在。

再后来，我爸终于还是重操旧业，却早已无心经营，生意再不比从前红火。永生曾几次给我家打过电话，听我妈说，他在洛阳的面馆生意兴隆，跟当年我家在"北站十八户"时一样。永生不再押面，另雇了大师傅，自己当起了甩手掌柜，跟我爸当年一样。

永生还把自己的户口，两个老婆和两个孩子的户口都迁到了城里，不知他是怎么做到的。

他终于过上了城里人的生活，成为农村老家一个万众仰慕的传奇人物。

我初中毕业的暑假，永生带着两个老婆到家里串过一次门。

人多，我爸嫌在家弄饭菜麻烦，又是夏天，干脆去楼下大排档吃烧烤。

十几年后，烤鸽子早已成为这座城市每一家大排档的固定菜品。我又见到了一个年轻男孩儿的面孔，机械地重复着杀鸽子的动作，远不比我印象中十几年前的永生潇洒。

我提议说："吃烤鸽子吧，我从来都没吃过。"

我爸说："别吃那东西，脏。"

永生也跟着我爸的意思说："对，我自己从来都不吃。"

我想，是啊，我对烤鸽子味道的好奇，完全出于对永生杀鸽子的敬畏。

那些死在永生手里的鸽子，让永生硬了自己的命。

我猜，多年前永生朝地痞后脑砍下那一刀时，胸中定没有半点儿犹豫。他当时的眼神，一定跟杀鸽子时一样，干净利落，笃定淡然。

许多年后，当我见识过这世上的万千般努力，终于明白，鲜有人誓死爬出命运的旋涡后，一双手仍是滴血未沾或一尘不染的。而永生的双手曾在那些夏夜被无数只无辜信鸽的鲜血浸满，却从未让我觉得脏。

永生还是那个永生，他从始至终想要的，不过是凭自己的双手，活一个更好的人生。

# 不 用 客 气

卢思浩

如果我恰好路过你身旁，给了你一些力量，那么也不需要客气。

有些人相遇，就是为了告别。

往后的日子里，我们都要不辜负自己。


杭州演唱会时认识了一姑娘，她坐我旁边。

没多久天下大雨我没带伞，姑娘就和我撑着一把伞，但大风大雨的一把伞根本不够撑两个人。

我过意不去，就示意说自己不用撑，淋雨对男生来讲没什么。

姑娘执意要给我撑，说是我不撑她也就不撑了。

后来雨停，姑娘浑身湿透。

演唱会结束后我请她吃夜宵，说怎么着都得请顿饭。

和我一起的是三个基友，和她一起的还有两个女生。

吃完饭两拨人基本聊熟了，有个女生指着我说："你特别像一个人。"

我正盯着羊肉串，心想难道我像金城武的事情暴露了？

基友插话："我知道，一定是像赵本山。"

那女生接着说："你特别像她的前男友。"

我察觉来者不善，低头一顿埋头苦吃，这个话题也就被我们这么
糊弄过去了。

第二天我们要走，姑娘也在虹桥，我比她早出发一小时。

我们一起买了个早饭，我们都没说话，临走前互留了电话。

回家以后特忙，很快就把这回事忘了，很久以来我们也没有联系。

大概一年后我接到她的号码，看着名字一时间都想不起来是谁。

　　姑娘一听就情绪失控着，说今天我来看演唱会了，上次看演唱会看到有人特像你，我一瞬间都以为你来了。

　　我刚开始还想解释，后来才懂她以为自己拨是另一个号码。

　　演唱会结束后她给我来电话，说："对不起我刚才情绪失控了。"

　　我说："没关系，正好让我听完了一首歌。"

　　她说："谢谢你。"

　　我问："谢什么，我什么都没做。"

　　姑娘说："谢谢你没有挂电话。"

　　我们就开始有一搭没一搭地聊天。

　　那时是我假期也会常回复，才知道她杭州演唱会时刚分手，打前任电话时他一直不接，后来直接关机。

　　再后来有天她说："谢谢你，我觉得我现在醒了。"

　　我说："那就好。"

然后我们就再也没有联系。

我一直都忘了这个插曲，直到后来听姜婷说她以前的故事。

姜婷从高中就喜欢老林，但老林在好几年里都一直不知道姜婷的存在。

姜婷是老林的初中学妹，高一时姜婷上的高中和老林所在的高中恰好是对门，两人的学校只是隔了一条街。

姜婷每天放学第一时间就往校门外跑，就为了远远地看老林一眼。放学时人潮涌动，能把那一条街挤得水泄不通。姜婷每天都拼了命地往前挤，而她也不知道为什么总能在人群里一眼就看到老林，而老林对这一切都一无所知。

暗恋的人都具备了一种能在人群中一眼看到他的超能力，却都缺了另一种让对方一眼就看到你的超能力。

暗恋暗恋着到了高三，这期间姜婷不止一次都想要表白，可她连和老林先做朋友的勇气都没有，永远是这么远远地望着。她有个闺密和老林是同班，她就通过闺密了解老林平日里的消息，而她让闺密誓死不要把她喜欢老林的这个秘密告诉他。

当她知道老林要去考南大时，她对自己发誓总有一天她也要去南京。

等到她变得足够优秀时，她一定要站在老林面前说："老娘从初中就喜欢你，现在终于能告诉你了。"

后来姜婷真的考上了南大，老林却在大二时出了国。

姜婷说："自己从那天起走路就不再东张西望了，因为她知道这个城市没有他。"

姜婷是在她生日时讲起的故事，我们都问："然后怎么样了？"

姜婷说："然后就没有然后了。只是如果没有这个人，或许我不会上南大，或许我就不会认识你们。"

后来姜婷真的变得足够优秀，可她已经把老林放下了。

她说反正这都是她自己一个人的故事，或许他从一开始就没必要知道。

"那么，还是应该感谢相遇吧。"

她是这么把她的故事收的尾。

其实这两个故事之间毫无联系，只是让我想到了每个人都会遇到这样的一个过路人。他只是经过你的身旁，你知道他不会走到你的生活里，却在无意中给了你些许力量。

他是一个平淡无奇的人，还是一个遥远的偶像，这都无所谓了。

后来他消失在你的生命里，你们之间再无联系，或许你们之间从来没有什么联系。

他就是这么经过，然后消失。

或许对于另一个人来说，你也是这样的存在。

在需要力量的日子里，有个人出现，那么谢谢你。

尽管你听不到，尽管不知道未来的你会去哪里，都感谢曾经遇见你。

如果我恰好路过你身旁，给了你一些力量，那么也不需要客气。

有些人相遇，就是为了告别。

往后的日子里，我们都要不辜负自己。

# 欸，那首歌，好像是《简单爱》呢

卢思浩

十七岁她是你的闹钟，你早起只为和她偶遇；十八岁你送她回家，灯光拉长影子，你想牵她手以失败告终；十九岁她送你围巾，你说着真丑却怎么也不肯摘下来；二十岁你们煲电话粥，一整晚的话都说不完；二十一岁你们终于分道扬镳。比暗恋更傻的事情是什么？是在青春里互相暗恋。你们把青春耗在互相暗恋里，却没能在一起。

那天余小姐给我发微信，说本来心情好好的玩着节奏大师，听到一首歌突然难受了。我说你这是在犯病吗，玩节奏大师还能伤感？

余小姐说哪能呢，只是那首歌略戳她泪点而已。我试着去听了那首歌，那首歌是周杰伦的 2012 年底的新歌——《傻笑》。

余小姐迷恋周杰伦迷恋了八年多，在我们都开始渐渐不听杰伦新歌时，她每张专辑都第一时间去买。而我这个曾经把杰伦每首歌都如数家珍般收藏的人，居然连他的最新专辑叫什么都不知道。

　　余小姐的高中和大学时代，是在周杰伦的音乐和一段长达八年的暗恋里度过的。那年余小姐和她男神同住一小区，同年级隔壁班，他们小区离学校有点儿距离。双方父母为了方便，就约好了每家轮流接送他们俩。她的男神每天晚上回家时都戴着耳机，那时候最流行的是索尼的MP3，男神告诉她他听的歌都是一个叫周杰伦的人唱的，余小姐带着好奇在周末去音像店淘了周杰伦的旧卡带，从此沦陷一发不可收拾。

　　她对她男神有着好感，但那个花痴的年纪里，她对长得顺眼的男生几乎都有好感。她对他男神情感的第一次升级，是高一的暑假，那天我们四个人去唱K，男神点了一首杰伦的《晴天》和《三年二班》。她说那天男神穿了一件白衬衫，在昏暗的包厢里，她居然觉得男神发光。

　　在确定男神那天并没有穿着荧光的衣服之后，余小姐通过排除法确信了一件事：那天我也穿着衬衫，但是她完全看不到我（这不是重点），所以她肯定：她对于男神超越了花痴的程度。

　　那时她还没自称老娘，还是个十分娇羞的小姑娘。

　　我们帮她把男神约出来，把他们单独留在电影院门前，在这么好的环境下，余小姐愣是……和她男神去电影院楼上打了场桌球。但那场桌球也不是全然没有好处，傍晚男神送她回家，把耳机的另一头分给了走在他左边的余小姐。耳机里传来的是杰伦的《简单爱》。那时听着耳机里口齿不清很青涩的歌声，看着比她高一头的男神的余小姐，心跳破天荒地漏跳了一拍。

这便是她长达八年暗恋的开端。

转眼高中时代结束，突然意识到再也无法想看男神时就假装不经意经过他班级偷偷看一眼的余小姐，终于下定决心要表白。那时我们一个老师同教两个班，所们两个班一起办谢师宴。我和余小姐决定在谢师宴上抓住机会，悄悄灌自己几杯酒管他是死是活。谢师宴上，果不其然，一直偷偷摸摸的班级情侣们都纷纷公开，老师们也开起玩笑，一片其乐融融。

我暗恋的姑娘和她男神同班，我拉着余小姐就往他们班那儿走。我脸皮厚，在全班的起哄下拉着我暗恋的姑娘就走，后来我才知道那天余小姐站在她男神前什么都说不出口，想起喝酒壮胆，二话不说抢过男神的酒杯一口干了酒杯里的酒。

那天男神喝的是白酒。

男神把她送回家的时候，被她爸妈说了好几句。据说余小姐在回家途中还吐了两次，觉得自己出丑的余小姐，自觉没脸见男神，见男神就躲，就这样度过了那个夏天。

　　大一大二，每次余小姐想男神的时候，就戴耳机听周杰伦。周杰伦也一步步变红，那个仿佛只属于他们两人的秘密，被大家所熟知。周杰伦十年来南京开演唱会，余小姐鼓起勇气约男神去看演唱会。本来都说好了可是男神最终还是没能抽出时间，那天余小姐买了张黄牛票，一个人听完了演唱会，整场演唱会恍恍惚惚，她说自己看不清台上的人是谁，能看到的，都是自己的影子。

　　大三余小姐出国，出国前夜她终于约男神到小区门口，她知道自己还是连一句"我喜欢你"都说不出口。就把要说的话写在了字条上，偏偏那天风大，字条还没接稳就被吹走了。那天余小姐和男神找了一个小时，她急得直哭。

　　那一刻她突然觉得自己再也不可能和男神在一起了。

　　到头来她什么也没说就出国了。再后来，她的男神就搬家了。余小姐和男神再次见面，已经是今年初的事了。那时她为了工作焦头烂额；男神毕业进了外企；我考研成功开始自己的间隔年；另一个故事的男主角 Tim 开起了工作室。就这样我们迎来了又一次同学聚会，这次居然来了四十多号人。我和 Tim 知道余小姐这么多年来一直没能忘记她的男神，因为她中文歌只听杰伦，每张专辑必买，她一难过就会抄《简单爱》的歌词，她走路喜欢站在人左边。

　　那天她男神一上来就喝了两杯，快散伙的时候，他叫住余小姐，对余小姐说了一句她等了好多年的话："其实，那时候我也喜欢你啊。"如果故事按照这样的节奏发展下去，大概又是一段女神等到男神的故事。只是余小姐蒙了一会儿，对男神说："是啊，那时候我可喜欢你了。"

后来我们四个又去唱 K，她点了《傻笑》这首男女合唱的歌。男神已经很久不听杰伦，男生部分不会唱，她就一个人把这首歌唱完了。到头来，她也没有和她的男神在一起。

今天我在热门微博里看到一个故事，楼主三十岁终于等回了自己当时一直爱着的男神。我在评论里 @ 了余小姐，余小姐回复我说，这样的故事终究不会发生在我身上，如果找不回感觉，那就让记忆里的人留在记忆里呗，让我心里的那份感情定格在那天彼此一人一个耳机时就好。

更多的情况是，当你发现你们彼此暗恋时，时间已经偷走你所有的选择了。曾经你喜欢的人终于对你说了一句，那时候我也喜欢你啊。于是你整个人就蒙了，可是也只能说一句："嗯。"没后悔没遗憾也没有无奈。那个戴着耳机追赶自由的少年早就不再听曾经的歌了，你因为那个人做了很多事情，养成了很多不会有的习惯。

很久之后你会发现，其实你会做那些事情并不是为了在一起，其实也是为了自己。很久以后，习惯或许还在，在一起的感觉和执着早就没了。

十七岁她是你的闹钟，你早起只为和她偶遇；十八岁你送她回家，灯光拉长影子，你想牵她手以失败告终；十九岁她送你围巾，你说着真丑却怎么也不肯摘下来；二十岁你们煲电话粥，一整晚的话都说不完；二十一岁你们终于分道扬镳。比暗恋更傻的事情是什么？是在青春里互相暗恋。你们把青春耗在互相暗恋里，却没能在一起。

那年她为了男神心跳漏跳了一拍，之后她再也没经历过那样的心跳。他们暧昧，他们当时彼此暗恋，但是他们从来就没办法在一起。当时不爱听歌的姑娘现在一首不落，当时听歌的少年已经很久没戴起耳机。或许余小姐感受更多的是：偶然的重逢更像是上天开的善意玩笑，一样的人拼不出一样的感觉，曾经的执着也就过去了。

每个人都在成长中变成了另一个人，或许，这才是通用版的人生。

# 在每一碗我们一起吃过的食物面前，我都想你

花大钱

好的感情，就是有这样的魔力。你不用端，不用装，只要躺成一个大字使劲儿耍赖就好。幸福，快乐，都是特庸俗的事儿。

1

我从没怀疑过割包是个小色坯！嘿，你也觉得是不是，一听名字就让人想歪。不过，他的名字还真是鸡肉割包的割包。擅自加后缀的那位，啧啧啧，害不害臊羞不羞！

我一直觉着，臭味相投才是铁血真感情得以维系的关键所在，就像我和割包，第一次见面的时候就知道彼此都不是啥好东西，简直是一拍即合。至于为什么叫他割包，是因为我曾在某一个晚上带他吃了他人生中的第一个奥尔良鸡肉割包。当时，我不敢相信他以前从来没吃过这个，我更不敢相信他吃割包的样子就像个刚开荤的三代贫农。

至于，他带我扫荡了整条街所有便利店里割包这件事，美得我不敢回忆。所以，我就连夜赐了他这个爱称。

2

割包有很多女朋友，有些颜正，有些身材好，至于两者都没有的，对不起我忘了看了。虽然有那么多女友，但他从来不和她们一起吃饭，从来不。他喜欢一个人安安静静地吃，特正经，特像个人。就像《不能结婚的男人》里的阿部宽。

因为割包在很久以前交往过一个姑娘。

"大钱，你知道吗，她可爱吃了，一顿不吃就又蔫又丧惨兮兮，让人忍不住想给她买吃的。

"大钱，你知道吗，她还喜欢做菜，她做的菜特好吃。

"大钱，你知道吗，我们在一起那会儿，每天必须是身体和心灵至少有一个在饭桌上。"

"不知道，不知道！你手上的割包还吃吗？不吃我吃了。"

他俩认识那天还真是个相当特殊的日子——台风。那天的雨下得跟在广场上斗舞的大妈一样癫狂。天上的云啊，清一色得了尿频尿急症，稀里哗啦的，不带休场地下了一天。姑娘在这种风劈雨杀的天气里毅然决定出门，她就趿着双人字拖，蹚过千水万水，出来买夜宵，独自一人。不过，话说回来，像她这种超过 0.05 吨的体型也没什么好怕的，搁风口一站，必须是岿然不动的架势，那么坚定，那么稳重。她经过路口的时候，正好割包和一姐在那儿推推搡搡的，伞已经被打飞在一边。等她走近，那两人都已经蹲在地上，女生把头埋在臂弯里闷声大哭。也不知道姑娘当时是脑子进水了还是脑子进水了，居然大声唱了句"亲爱滴小妹妹，请你不要不要哭泣"（参照九十年代迪斯科女王蔷蔷的金曲《路灯下的小姑娘》），然后割包那傻瓜简直在雨中笑成了嗑多 N2O 的重症病人。

第二次见面是在姑娘家附近的大学举办的乐队专场音乐会上。割包站在第一排，可劲儿扭，后摇专场都能给扭成朵麻花。那时候他留个 90 年代最流行的郭富城式分头，瘦，是那种得了文青通病——厌食症的瘦，整个人像是从七八十年代作家回忆青春的小黄书里走出来一样，潮湿至发霉的脏，又脏又性感。当时人姑娘压根儿没认出他来，倒是他，一回头就：

"呀，你不是那天那个亲爱滴小妹妹吗？"

"你才小妹妹！我是你大姐姐！"

3

　　姑娘遇上割包时，只是个普通的暴食症少女。这是个很可怕的病，食物是药亦是毒。吃东西变成了一种软瘾，一种钻入骨髓的痒，一种潜意识层面的自我虐待。因为孤独，她每天要吃好多好多的饭。认完亲的那天晚上，他俩就相约一起去吃烤串儿。"老板，二十串里脊二十串鸡胗十串掌中宝十串大鱿鱼五根台湾烤肠再加七串鸡皮三串秋刀鱼两串大茄子多放辣椒茄子要蒜蓉。"这么一气呵成、豪放无比、挥金如土、目空一切的开场白一下子就俘获了割包的心。他俩就这么好上了。姑娘不再病态地暴饮暴食，她有了更加重要的事，就是和割包一起做饭一起吃。她不再每天在打破原则获得的短暂快感和接踵而来的负罪感之间反复煎熬。她觉得快乐觉得满足，她不再总是感到饥饿难耐。在这个世界上，如果说还有东西比食物更能慰藉人心，那就是爱。

　　"大钱，你知道吗，和她在一起你从来不会有饿的时候。果盆儿里永远都是满满的葡萄、荔枝、小番茄，好像永远吃不完，永远放在我够得到的地方。冰箱里永远装满巧克力、三明治、酸奶和可乐。大钱，你知道吗，她会每天给我做便当，油焖对虾、栗子炖猪蹄、蒜薹炒蛋、香煎五花肉、白菜狮子头、蜜汁烤翅，摆在便当盒里，花花绿绿，整整齐齐。大钱，你知道吗，下雨天，她会在家里炖汤，锅里冒着绵密的泡泡，咕噜咕噜咕噜咕噜，我的心里也在冒泡。"

　　那个时候，他们住在一起，姑娘在一家极限运动器材公司上班，每天晚上下班，姑娘都会提一篮子菜回家。新鲜的肋排，剁成方方正正一块块，过水去浮沫，用料酒生抽腌上那么二十分钟，拿热油炒冰糖和香醋，炒得黏答答的时候，排骨入锅，滋啦滋啦，听着就要流口水，然后不停煸炒收汤汁，出锅前记得要把剩下的汤汁浇到排骨上，千万别浪费哦，好吃到不用洗盘子！有时候也做辣子鸡，一大锅的宽油，辣得红艳艳，花椒干椒一起炒，香得入骨，记得要撒一把葱花和芝麻，最后尝一下味道。要是放多了辣椒，姑娘立马跑出去亲割包，把辣过给他，坏得不行。啊，厨房里还有紫砂煲呢，煨着一锅鱼头汤，奶白色的汤汁噗噗噗，热气四溢。村上龙说过："好喝的汤是很可怕的。汤是那么温暖，又是那么美味，让人忘了朋友，忘了痛苦，忘了烦恼，一切的一切都忘了，只顾喝着我的汤。"好喝的汤确实是很可怕的，割包喝着喝着，就想，如果每天都能喝到就好了，如果可以喝一辈子就好了。生平第一次，他萌生了想娶一个姑娘回家的念头。生平第一次，这个策马红尘的浪子想要泊岸。

4

"大钱，你知道吗，她的头发里藏着春天，每天都蹦蹦跶跶吭哧吭哧，像只小鹿。

"大钱，你知道吗，她一说话，我就忍不住想笑。

"大钱，你知道吗，和她在一起，我很容易就会想到天长地久。"

割包在说这些话的时候，眼睛亮亮的，像是一口水井。

"那后来呢，是因为吃得太胖而分手了吗？"

"她走了。"

"去了哪里？"

"大钱，你知道吗，她很好看，是那种压秤的美人，有热气。"割包只是笑着说了一句不着边际的话。

那是他们在一起的第二年，姑娘的工作逐渐步入正轨，渐渐忙碌，同时，他们感情稳定。每天吃一个西瓜，看一部电影，走一条路上班和回家，窝在同一张沙发上想着以后你打麻将来我跳广场舞的生活。那个时候的割包不关心政治，不关心穿着，不关心街上姑娘们的大白腿。留着小田切让同款乞丐头，整个人像被系统重装了一样，喜怒哀乐一股脑儿地写在脸上，事无巨细都能无限度让步。割包真的是觉得找到了爱人。对，就是爱人。他记得在他高中的时候，碰到过一个有腿疾的语文老师，谦逊温润，每每提及自己的另一半的时候，永远称之为爱人，而不是其他。当时只觉得是文人的酸楚和腐朽气，但现在割包完全不觉得。他觉得他们好像永远有着相同的固有频率，永远可以共振。割包再也不需要用那些泡妞绝招、谈感情秘籍，只需要散漫地幸福着。好的感情，就是有这样的魔力。你不用端，不用装，只要躺成一个大字使劲儿耍赖就好。幸福，快乐，都是特庸俗的事儿。

　　我见过姑娘的模样，在割包给我看的照片里。那是他们去台湾旅行的时候。姑娘站在海边，微眯双眼，脸盘干净头发乌黑，整个人盈软腻滑、明眸皓齿的样子。她让我想到安房直子的《野玫瑰的帽子》——"像拂晓时分的月亮"，就是那种让人一看就想把世界上所有的最好吃的东西都买给她，把世界上最好的运气都送给她的人。那个夏天，他们从台北到垦丁再到高雄，然后经由九份和十份回到台北。他们在十份这个和它名字一样的美丽的地方放孔明灯，上面写着"我们在十份，十分幸福"。在垦丁，割包骑着小摩托载着她，慢慢开到台湾的最南端。他们在海边吃西瓜，把瓜拍碎在礁石上，红瓤在手上，啤酒在肚里，爱人在身边，喝啊喝，喝到夕阳坠落满天星，喝到一身都是酒味。

　　5

　　也在那年的秋天，姑娘的公司有个特别好的外派机会，去新西兰，去三年。秋天呀，是个特别神奇的季节，它留不住，走得快，所以你更希望它快快过去。就像有人说过，在中秋乘公交车的每个人，都像是要去远方一样。

　　姑娘左右互搏很久，她也不想离开割包，但新西兰是著名的极限运动的天堂，皇后镇又是著名的探险之都，那里的市场多广阔呀，一定会有很好的机遇与发展。最后，为了彼此能有个更加舒坦的未来，她决定要出去。割包自然是抽抽搭搭地不放行，但最终他还是让步了。一个曾经激进冲动的热血少年在此时选择了妥协，选择了牺牲。爱就是这样啊，你投降，你缴械，你战败，还心甘情愿无条件地割地赔款。很多时候我们也会想要强求，想要撒泼发脾气，但你不能一直任性啊，你要懂事，虽然懂事很委屈，懂事也很辛苦，但你也只能一边懂事一边哭。

"大钱，你知道吗？原来我一直以为我人生中的快乐，一半藏在食物里，一半窝在音乐中，还有一半绑在她身上。后来，她走之后，我才发现，她才是我的食物、我的音乐，是我一切的一切是我全部的快乐。

"大钱，你知道吗，她是我生命中出现过的所有人。"

原来，割包眼里那些破碎的光亮不是一口水井，而是一座少女冢。

走的那天，姑娘做了好多好多好吃的。割包想告诉她，他爱她。但是他没有，他只是默默吃完了所有的东西。他想开口挽留，但是他也没有，他怕一开口就会溃不成军，所以他只是不停地吃，所以他只能不停地吃。

最后，割包把一万颗破碎的眼泪擦拭干净，收进了姑娘的行李箱里。他们在汽车的后视镜里见了最后一面。微笑道别。

　　姑娘出国之后，他们只能通过电话微信来联系。那时，割包才发现，原来上海这么大，这多条街，这么多饭馆，他却不知道去哪里吃饭。有时候割包接到姑娘打来的越洋电话，新西兰的夜里瓢泼大雨，但割包在上海却是好天气。割包就想，为什么上海不下雨？如果能够拥有一样的雨天，是不是可以假装还待在一起？姑娘其实是个非常聪明能干的人，马上，她在新西兰的生活渐渐步入正轨，在工作上也得到了很多的赏识和提拔。她是真的很喜欢这份可以边玩边认真做事的工作，还经常能去蹦极、跳伞、滑雪、冲浪。而割包呢？生活依然千篇一律、没有重心，每天就是等电话和数日子盼姑娘回来。终于，有段时间，割包很久没有收到姑娘的电话、信息、邮件。什么都没有。他找不到她。割包当时就跟疯了似的，你知道那种生活突然失重，但你却什么东西都来不及抓住的感觉吗？对，就是这样。割包只能去找姑娘的朋友，但却得知，姑娘在那里，在那个美得像种在云上的地方，有了新的恋情，并且很快就要结婚定居，不会再回来了。那天，割包不记得自己是怎么回到家的，黑漆漆、空无一人的家，割包打开冰箱，里面没有巧克力、三明治，也没有酸奶和可乐，没有很久了，以后也不会再有了。冰箱里只有几罐啤酒，两个月前的过期啤酒。

　　将近一年的时间，割包都处在一种混沌恍惚的状态里。他剪掉了他的小田切让头，经常在夜里一个人操着酒瓶走很长的路再走回来。他每天给他们一起养的植物浇水，但那些植物最终还是死了。他交很多很多的女朋友，但是他从来不和她们一起吃饭，总是一个人安安静静慢慢地吃。

"大钱，你知道吗，那时我真的觉得自己快死了，我会想她，在每碗我们一起吃过的食物前。"

割包说着，第一百〇一次地把手上的烟盒揉皱。

6

故事讲完了，这个专属于割包的故事，这个这些年来他对外对己一致的口供，就这么结束了。

我要讲的是第二个故事。

其实割包最爱的姑娘并没有移情，也没有别恋。她只是在一个很平常的日子里，就像以前一样，为最新的跳伞器材去做测试，但她搭了一架会爆炸的直升机。那地方是真美啊，云铺满天角，海盛满桅杆，阳光战栗，微风融化，连公路都是柔软的。她就这样飞在空中，跟着飞机一起爆炸，就这样永远留在了像那个种在云上的美丽地方。至于割包，情深不寿的割包，无法接受爱人变成碎片的事实，就一直一直活在自己对自己的欺骗中。

而我，始终无从知晓，不爱，和死，哪一个更让人绝望。

# 少年你大胆地往前走吧，别回头

坦然接受孤独，才能坦然接受离别。一个人生活的最大好处，就是越来越平静，对各种事情越发游刃有余，觉得再难的事也能度过。这种自信和力量，是一天天从生活里挤出来的，你会痛苦但也不用再害怕你站的地方突然崩塌，因为你走得很坚实。

我常觉得，人到了某个阶段上帝就会给你做减法。他对你说一句："少年，之前你拥有的太多，现在我要把一些拿走了。"于是你开始经历告别，很多你以为重要的人离开你生活，一直到你模糊他们的长相。于是你开始经历失败，很多你以为会实现的梦想，像错过站的火车，你怎么追也追不上。但我不觉得这是一个什么样的坏事。

错过了一些东西，你才能知道什么是重要的。

很快，你会经历孤独。

你会发现孤独是你摆脱不了的东西，它会在某个时刻突然找上你。不管你身边的朋友是多还是少，不管你人群围绕还是一个人独处，你都能感受到孤独。

你会觉得热闹都是别人的，只有孤独是自己的。

许久前我也这样，无法接受孤独，无法忍受好友们都分散各地。但在和孤独的相处中我开始明白，我们中的大多数人都会经历这种阶段。

很多时候我们会觉得和人相见恨晚，交朋友对自己而言再简单不过，但还是免不了发现一些性格上的不合，或者就是逐渐失去联系。

其实结交朋友不难，难的是变成知己。

孤独不是一件坏事，我们之所以觉得孤独难熬，是因为我们都没办法一下子找到和自己相处的办法。但其实能有段时间和自己独处终究还是幸运的，这并不意味着你没有朋友，相反正是因为这样你才会有真正属于你的朋友。

因为你有时间想想自己要什么，你身边没那么多熙熙攘攘的声音，你可以听到自己，你可以问问你自己到底要什么，到底不要什么。了解自己这回事，大多都留在了独处的时间里。

怎么度过孤独？

首先不要害怕它，然后找到一件你可以全身心投入的事情。我会听歌或者写作，那你一定也会有这样一件让你全身心投入的事情，去做这件事。

坦然接受孤独，才能坦然接受离别。一个人生活的最大好处，就是越来越平静，对各种事情越发游刃有余，觉得再难的事也能度过。这种自信和力量，是一天天从生活里挤出来的，你会痛苦但也不用再害怕你站的地方突然崩塌，因为你走得很坚实。

在经历孤独的同时，你的生活圈子也会开始改变。

你可能会和一些人变成知己，和另外一些人分道扬镳，很可能最后留下的并不是你之前觉得会留下的人。

这时候的友情大多经过了时间洗礼，尤其是你们不像从前能生活在一起。你们都有着自己的生活，有着自己的事情要做，如果这个时候你们还能保持联系，什么话都聊没什么顾忌，那这样的朋友就是我们所说的被时间筛选后留下的好友。

有些人一天不联系两天不联系也就慢慢失去联系了，有些人一天不联系两天不联系但每次只要聊天都会觉得时间没走。去哪里遇见谁和谁变成知己，这种事情需要缘分，但遇见之后，相处之后却失去联系，这时候的缘分大概就是看有心不有心了。

珍惜那些同样在珍惜你的人，就像你珍惜自己一样。

大一时可能对于生活还没有什么概念，就多去尝试一些。可能绕弯路，可能被别人看来是浪费时间，但真的是不是浪费时间，这只有你自己心里清楚。

大一时我开始看书尝试写日记，很多人看来就是浪费时间，但如果不是那一年我一直在看书，我想我也不会变成现在的自己。

到了大三，你可能就会一下子焦虑起来，因为身边的很多牛人都开始找到了自己的方向和出口，只有你还在迷茫中挣扎。

迷茫不可怕，说明你还在向前走。

失败不可怕，只要你还能爬起来。

我身边有很多人，他们天赋异禀看起来永远不知道疲倦，我知道他们背后付出的代价，但我也丝毫不怀疑这些人可以在他们想要的事业上走得很远，闪闪发光。我不是他们中的一员，很早以前我就知道，我不是被挑中的那种人，也没有什么特别的才能，但这并不代表我就找不到属于我的活法。

你会迷茫会挣扎，但别人的风景与你无关，待在自己的轨道上，才能找到自己的风景。

在别人的地图里，怎么可能找得到自己的目的地。

你可能会和我一样决定考研，如果这是你的选择，就坚持到底。

很多人都会在做了选择之后犹豫纠结，遇到挫折时后悔，但其实一件事是好是坏你不做完你也不会知道结果，所以做了选择之后，就不要纠结。

你要做的就是相信自己，并且尽力去做。

很快，你就会发现大学不是用来玩的；很快，你就会经历以前想不到的事情。

很快，你就要学会和很多东西告别啦；很快，你会发现人生的坎一个接一个。

很快你就会发现很多事情都是虚的，吃得饱睡得好才最重要。

但你终究还是幸运的，因为你还有着开学，而很多人已经没了开学。

所以就用力去度过。要选你喜欢的课，而不是看起来有用的课；找两三知心朋友比盲目拓展朋友圈重要；社团可以参加但不要太追逐职位；游戏要玩但是书和电影不能少；能爱能恨是好事，要爱用力爱要恨用力恨；越早认识到孤独是不可避免的越好，孤独和不同是好事，是你上大学，别让大学上了你。

去年冬天从济南回家，朋友和我一起回去，我俩坐在高铁上。我看起《灌篮高手》，看得热泪盈眶。朋友说他一听直到世界的尽头，就浑身一阵鸡皮疙瘩。我说我也是，我希望这首歌我在明年一样听不腻。

我已经告别了太多，剩下的陪着我的一些，不管是一首歌还是一个人，我都不会轻易放手，绝对不。只要有机会，我就会去听、就会去看、就会去和他们说说话。我已经放弃太多，剩下的一丁点儿天赋和努力，我绝对不放手。

如今八月就要过去，又一年的夏天将要离开，转眼我们都要迎来冬天。

我还在自己选的路上一边摸黑儿一边走着，我想你会懂，因为你也陪了我这么久。

我不再害怕前方是悬崖还是平坦大道，天亮之后还会天黑，冬天过了还会有冬天，但同样的，天黑之后还会有天亮，夏天过了还会有夏天。生活就是如此，有好有坏，关键是我们怎么面对那些糟糕的时刻。

努力不一定有结果，但有时你还是得向前走。都说要找方向，可你不去碰壁怎么知道在哪个路口该转弯。大多努力和坚持会被浪费，或许绕了一个圈发现只要当初向前一步就能做好一件事，但你不绕这么一大圈也不会明白这些。没什么可抱怨，就像很多你突然明白的道理，都有着伏笔。

少年，大胆地向前走吧。

别回头。